パンダ探偵

鳥飼否宇

講談社
タイガ

イラスト――松本セイジ
デザイン――滝澤祐茉（ビーワークス）

目次

パンダ探偵

第一話　ツートーン誘拐事件

第一話　登場獣物《じんぶつ》紹介

ナンナン――ジャイアントパンダの若雄《わかもの》。運動は苦手

タイゴ――ライオンを父に、トラを母にもつライガーの探偵

ロックス――アニマ探偵事務所所長。雄《おとこ》のアフリカゾウ

サス――アニマ探偵事務所の同僚。イボイノシシ

〈事件の重要関係獣《しゃ》たち〉

シュレス――ホルスタインの母ウシ。息子のフリスが失踪

タピ――マレーバクのお母さん。失踪中

1

「よいしょっと」

ナンナンは上半身をタイヤの輪っかの中にくぐらせ、両前足《りょうて》でしっかりとしがみついた。タイヤはロープで木の枝に結ばれており、ブランコになっている。右の後足で地面を思いきり蹴《け》る。次の瞬間、タイヤのブランコは勢いよく揺れ、バランスを崩したナンナンは宙に放り出された。

「いてててっ」

お尻《しり》から地面に落下して顔をしかめていると、戻ってきたタイヤが額に当たった。衝撃で背中からゴロンと地面に転がってしまう。お尻も額も痛かったが、自らのあまりの運動音痴ぶりにへらへらと笑いがこみあげてくる。

ナンナンはジャイアントパンダの若雄《わかもの》である。夢は保育士になることだ。

アフラシア共和国は、かつてヒトという動物がユーラシア大陸とアフリカ大陸と呼んでいた広大な土地を領土とする動物たちの自治共和国だ。ヒトが絶滅して二百年が経過し、アフラシア共和国では肉食獣と草食獣が仲良く共存している。

ヒトが栄華を極めていた当時、動物たちは目立たず、おとなしく生活していたという。なまじヒトに刃向かおうものなら、どんなしっぺ返しを食らうかわかったものではなかったので、ヒトの意に沿うように行動していたのだ。

ところが、万物の霊長とうぬぼれていたヒトが爆発的に流行したウイルス性感染症で死に絶えてからというもの、動物たちは自分たちの意思で、新たな秩序のある社会を築きあげた。それがアフラシア共和国だ。

ヒトが死滅してから、動物たちはコミュニケーションをとるためにことばを話すようになった。必要に応じて後足のみで二足歩行をするようになったおかげで前足の指先が発達し、ことばを文字にして伝達するすべも覚えた。知能は急速に発達し、絶滅時のヒトとそう変わらないくらいの知的水準には達していた。

しかし、衣食住などの生活様式は以前とさほど変わっていない。もともと毛や羽毛、脂肪で体をコーティングしている鳥獣は、ヒトがそうしたように衣服を身にまとう必要などないし、食べ物に関しても草食獣は以前と同じだった。また、住居については、自分たちで新しい建物を作ることなどはせず、必要な場合はかつてヒトが建てたものを再利用していた。大きな変化があったのは、肉食獣の食生活くらいだろうか。アフラシア共和国では、草食獣の権利が守られており、肉食獣はもっぱら昆虫類や魚介類を食するようになったのである。

社会が成熟するにつれ、物々交換だけでは経済が成り立たなくなったため、貨幣が導入された。しかし、ヒトと違って動物たちには物欲がほとんど存在しない。動物たちは珍しい食べ物やアルコール飲料などを購入するときのために、少額のコイン――これもヒトがかつて流通させていたもの――をポシェットのような袋に入れ、腰に下げて持ち運んでいた。

ヒトがいた時代であれば、動物たちは本能のままに生きていればよかった。それこそが、ヒトの望む「動物像」だったからだ。ところが現在では、動物たちは社会的な存在となった。ほとんどの成獣《おとな》は社会の一員としてなんらかの職に就くのがあたりまえになってきた。若獣《こども》たちには教育の機会が与えられるようにもなった。

一方で子育ての時間が十分にとれない動物も増えてきて、就学前の幼獣《ようじ》の世話をする保育士という仕事が生まれたのである。顔が大きいわりには四肢《てあし》が短く、動作が緩慢で愛嬌《あいきょう》のあるパンダは、誰からも好かれ、とくに幼獣からは絶大な人気を博していた。ナンナン自身も幼獣の世話をすることが好きだったので、保育士という職業はぴったりの選択と思われた。

この選択には、ナンナンの個獣《こじん》的な事情も関係していた。ナンナンはかつて中国の四川《しせん》省と呼ばれていた地域の森林で生まれた。両親と歳《とし》の離れた兄の四頭《よにん》で平穏な毎日を送っていた。父親はきまじめすぎるほどまじめなベテラン警察官であり、地域の住獣《じゅうにん》たちから篤《あつ》く信頼されていた。兄もそんな父親の影響を受けて、警察官の道を志望した。希望どおり警察の職に就いた兄は、新米の一年目から手柄《てがら》を挙げた。違法薬物の密売で荒稼ぎをしながら、なかなか尻尾《しっぽ》を出さなかった暴力団の頭《かしら》のテナガザルを潜入捜査の末に逮捕したのだ。ところがその頭はなんと、四川警察署長の従兄弟《いとこ》だった。四川警察の上層部は暴力団と癒着していたのである。

不正を暴《あば》いたナンナンの兄は報復を受けた。暴力団の下《した》っ端《ぱ》のチンピラに襲われ、その凶刃《きょうじん》によって命を落とすことになった。悲劇はそれだけに終わらなかった。ナンナンの父も警察上層部から突然懲戒解雇の処分を受け、それに抗議をしたところ、何者かにより棲《す》みかが放火されたのだった。この火事により、父親は焼死した。なんとか幼《おさな》いナンナンを助け出した母親は、棲み慣れた四川の地を離れる決意を固めた。そして長旅の末に、アフラシア共和国の首都である旧インドのハイデラバードへたどり着いたのだった。もともと体がそれほど丈夫でなかったナンナンの母にとって、この旅は過酷なものだった。ようやくハイデラバードに到着したときには、母は体力を使い切っていた。一週間後、母は眠るように静かに死んでいった。息を引き取る前の母の最期《さいご》のひと言が、いまもナンナンの鼓膜の奥で鳴り響いている。

——ナンナン、あなたは決して警察官なんかになっちゃだめよ。危険がなくて、獣様《ひとさま》から感謝される仕事に就くの。そうね、あなたには、保育士が向いているわ。母の遺志をかなえること。それがナンナンの個獣的な事情にほかならなかった。

というわけで、保育士を目指して訓練を続けていたわけだが、ナンナンは運動神経が致命的に悪かった。ブランコひとつまともに扱えないのだから、推して知るべし。でんぐり返りをしてもまっすぐには進まず横に倒れてしまうし、スキップをしても両足がそろってしまう始末なのだ。

しかも、ナンナンは小柄《こがら》だった。ジャイアントパンダは体長十五センチメートルほどの超未熟児として生まれるが、めきめき成長して、雄《おとこ》の成獣ともなると体長は百五十センチメートル、体重は百キログラムを超えるのがふつうだ。ところがナンナンはもう繁殖年齢を迎えているというのに、体長は百センチメートル、体重は八十キログラムしかない。そのため、知らない他獣《たにん》からは、しばしば幼獣と間違えられてしまうのだった。幼獣の世話をしなければならない保育士が幼獣と間違えられていては、埒《らち》が明かない。そのことはナンナンも自覚していた。

とはいえ、ルックスは一朝一夕で変えられるものではない。せめて運痴のほうだけはなんとか克服しなければ。苦手克服には練習あるのみ。一度や二度の失敗で諦《あきら》めていては、上達はない。そう自らに言い聞かせてタイヤのブランコに前足をかけたとき、ナンナンの視界がだしぬけに真っ暗になった。続いて、股《また》の間になにか棒状のものが入ってきたかと思うと、次の瞬間、ナンナンは宙に放り出された。

2

アニマ探偵事務所に持ちこまれる事件の大半は失踪獣《しっそうにん》捜しである。

アフラシア共和国には警察組織が存在するが、頻発する暴行事件や傷害事件、盗難事件などで慢性的に獣手《ひとで》不足だった。警察は失踪届を受けつけても、よほど事件性があると判断しないかぎり、捜査に手をつけることはない。そこで警察に代わって失踪獣の捜索にひと肌脱ぐのが、民間の探偵事務所だった。

その日、アニマ探偵事務所を訪れた依頼獣《いらいにん》は、ホルスタインの母ウシ、シュレスだった。アニマ探偵事務所の所長である雄《おとこ》のアフリカゾウ、ロックスは接客スペースでシュレスからひととおり話を聞くと、事務所の奥で事務仕事をしていた一頭《ひとり》の探偵を呼び寄せた。

「子ウシの失踪事件が舞いこんできた。この案件はタイゴ、おまえに担当してもらう」

「マジっすか。オレ、昨日は迷子の黒ネコにつかまっちゃって、夜通し歩きまわってたんですよ。名前を訊《き》いてもわからないし、家を訊いてもわからなくて、ニャンニャンニャンと鳴くばかりで……。寝不足で、疲れが溜《た》まってます。サスに任せたらいいじゃないですか」

サスというのもアニマ探偵事務所に所属する探偵で、イボイノシシだった。獣一倍鼻《ひといちばい》が利くので、失踪獣捜しを得意としている。

「ヤツはいま、別の失踪事件にかかりっきりだ。で、その子ネコ、無事に親元に届けられたんだろうな？」

「もちろんですよ。しっかり黒ネコ宅配料金をいただきました。いま、その報告書をまとめているところです」

「さすがうちのエースだ」ロックスはにやりと笑うと、巨体をぐいと乗り出した。「じゃあ、次はこの案件、やってもらえるよな？」

タイゴはライオンを父に、トラを母に持つライガーである。腕っ節には自信があったが、さすがにアフリカゾウを相手にしては、分が悪かった。

「わ、わかりましたよ。そのかわり、報告書は遅れてもいいっすか？」

「バカもん、それとこれとは話が別。報告書は必ず今日中に提出しろ。わかったな！」

ロックスが部屋中に轟《とどろ》くほどの大声で吠《ほ》えた。それればかりではない。長い鼻をタイゴの首に巻きつけて、ギリギリと絞めあげるのだった。

「りょ、了解！」

タイゴは顔を真っ赤に充血させて、ロックスに敬礼した。

「まずは、依頼獣のシュレスさんの話を聞いてこい。報告書はそのあとだ！」

「はい！」

解放されたタイゴは接客スペースへ移動し、ホルスタインのシュレスと向き合った。母ウシは思ったよりも高齢で、生活疲れしているように見えた。

「今回、担当することになったタイゴだ」

タイゴは依頼獣に対して、ぞんざいな口の利き方をした。さすがにロックス所長に対しては多少丁寧なことば遣いを心がけていたが、基本的には誰に対してもおもねったりはしない。

「ライオンさん……ですか？」

自信なさげに問うシュレスの視線は、タイゴの足に向けられている。雄のライガーであるタイゴは父親譲りの立派なたてがみを持っていたが、四肢には母親由来の縞《しま》模様があった。額付近にも薄く縞が入っている。

「ではなく、ライガー」ほぼすべての依頼獣から同じ質問をされるので、タイゴはうんざりしていた。「子どもがいなくなったと所長から聞いた。悪いが、もう一度話を聞かせてくれないか」

「モー一度ですね。わかりました」

シュレスの話はだらだらと長いばかりで要領を得ず、せっかちなタイゴは聞いているだけでイライラしてきた。粘《ねば》り強《づよ》く聞きだしたところ、どうやら以下のようなことが起きたらしかった。

一昨夜、シュレスが月齢十ヵ月の息子のフリスとともに小屋で寝ていると、真夜中に戸が開く音がした。フリスが夜中に用足しにいくのは毎度のことだったので、シュレスは気にせずに眠り続けたという。ところが朝になって目を覚ましてみると、傍《かたわ》らで眠っていたはずのフリスがいなくなっている。用足しに出た際に寝ぼけて別の小屋に戻ったのかもしれないと、近隣の小屋を訪ねてみたが、どこにもいなかった。元来気の長いシュレスは、それでもやがて帰ってくるに違いないと事態を楽観していた。ところが二日目の夜が明けても帰ってこなかったので、アニマ探偵事務所に相談に来たのだという。

事情を把握して、タイゴは呆《あき》れた。

「つまり、息子がいなくなって二晩も経《た》っているわけか。よくそんなに長く放っておいたもんだな」

シュレスに皮肉は通じなかった。

「ええ、フリスの前に、これまで雄ばかり三頭《さんにん》の子を育てあげてわかったんですよ。子どもへの過度の干渉はよくないってねえ」

「もしかして、これまでも同じようなこと、つまり、息子がどこかへ出ていってしばらく戻らなかったことがあるのか？」

「次雄《じなん》は放浪癖がありましたね。ふらっと出かけていって、何日も戻らないことが……。長雄《ちょうなん》と三雄《さんなん》は臆病《おくびょう》な性格でそんなことはなかったんですがねえ」

タイゴはたてがみをかきむしりながら、「話がややっこしくなるから、今回の息子――えっと、フリスだっけ――に話を絞ってくれないか」

「わかりました。フリスも次雄ほどではありませんが、出歩く癖《くせ》はあって、丸一日くらい戻らないことはこれまでにも何度かありました。モー困ったもので。さすがに二晩も戻らないなんてことはなかったので、少々心配になってきて……」

「少々ねえ」タイゴは苦笑し、「以前戻らなかったとき、フリスはどこへ行っていたんだ？」

「友だちのところで遊んでいました。だから、今回もその子に問い合わせてみたら、ここ数日は会っていないと言われてしまいましてねえ」

「その友だちが嘘《うそ》をついている可能性は？」

「モー、なに言ってんですか！　まだ一歳にならない子ウシですよ。成獣《おとな》を騙《だま》したりするはずないでしょう」

ガキは平気で親に嘘をつくもんだ。タイゴはそう思ったが、口にはしなかった。

「念のためにその友だちの名前を教えてくれ。月齢も」

「友だちはジャージー種のヘリア。雌《おんな》の子です。フリスと同じく生後十ヵ月め」

「失踪の陰《かげ》に雌あり、か」

タイゴがぼそっとつぶやくと、シュレスが聞き咎《とが》めた。

「モー、ですから、ヘリアはそんな子じゃありません」

「わかった、わかったよ。とりあえず、あんたの小屋に連れていってくれ。現場を見ないことにはこれ以上、話が進まない」

ホルスタイン親子の小屋は探偵事務所から歩いて一時間ほどのところに建っているとのことだった。歩みののろいウシの足で一時間かかったとしても、ライガーの足だと三十分もかからない。タイゴは先にシュレスを帰し、報告書をさくっとまとめてから牛小屋へ向かった。ロックスという所長、図体《ずうたい》はでかいくせして、性格はやけに細かい。報告書の提出期限に遅れようものなら、大目玉を食らうことは間違いなかったのだ。

たどり着いた木造の小屋は老朽化が進んでいた。アフラシア共和国のほとんどの建物は、ヒトという横暴だが手先は器用だった動物が昔建てたものをリサイクルして使用されている。つまり、最新の建物でも築二百年となる。石やレンガ、コンクリートでできた建造物はいまでもまだ使用に耐えられるものがたくさんあったが、木造建造物はすでに倒壊してしまったものが多く、残っているものも傷《いた》みが激しかった。

小屋へは両開きの木戸を通って出入りするようになっているが、鍵《かぎ》などはない。タイゴがノックをしてから開けると、木の軋《きし》む耳障《みみざわ》りな音がした。

「いらっしゃい」シュレスが招き入れる。「モー着いたのですか。はやかったですね。新鮮なミルクでも飲みますか？　自家製チーズもありますけど」

「いらん」

タイゴはシュレスの張った乳房に一瞥《いちべつ》をくれると目を転じ、ざっと小屋の中を見回した。幅三メートルに奥行き二メートルほど。決して大きな小屋ではないが、母子二頭《ふたり》で暮らすには用が足りるだろう。奥には敷き藁《わら》が積まれており、寝床に違いない。ウシはおおむね一歳になると母親から離れ、独《ひと》り立《だ》ちしていく。月齢十ヵ月だったフリスは、親離れこそもう少し先だとしても、十分に一頭《ひとり》で出歩ける月齢になっていたはずだ。

「息子がいなくなったとき、戸が開く音がしたんだったな。そのとき、なにも見なかったのか？　いくら夜中で暗かったとはいえ、息子が小屋から出ていくシルエットくらいは見えたんじゃないのか？」

「それがあの夜はモー烈に眠くって。その戸は開け閉めするときものすごく軋むので目は覚めたんですけど、まぶたを開くのもしんどくて。どうせフリスがオシッコに行ったんだろうくらいにしか考えていなかったので、そのまま再び深い眠りに落ちてしまって……」

タイゴが眉間《みけん》に皺《しわ》を寄せた。

「ったく、役に立たねえ証獣《しょうにん》だな」

「昼間にフリスを連れて遠出したせいで疲れたんだと思います。最近ちょっと体を動かすと疲れが溜まって。歳のせいでしょうかねえ？」

「知らん。医者にでも診《み》てもらえ。息子は一頭で出歩ける月齢だった。だとすると、まず考えられるのは、家出だな」

「モー、冗談はやめてください。どうしてフリスが家出しなきゃならないんですか」

「あんたが強く叱《しか》ったんじゃないのか？　ガキってのは、それくらいの理由で簡単に家を飛び出すもんだぜ」

「ワタシは叱ってなんていません。それに、フリスは引っこみ思案で、友だちだって多くはありません。家出なんてそんなバカな……」

「兄貴が三頭いるんだろう。その誰かの元に身を寄せてるかもしれないぜ」

「三頭とも独立して出ていって以来、連絡先もわかりません。まったく雄の子ってのは、どうして育ててもらった恩も忘れて、母親を邪険に扱うんでしょうねえ」

それはあんたの教育が悪いせいだ、という台詞《せりふ》を呑《の》みこみ、タイゴは続けた。

「家出でないとすると、事件に巻きこまれたかな」

不穏なひと言に、シュレスが再び不安そうな顔になる。

「どんな事件ですか？」

「わかんねえが、夜中にしょんべんに出たところで、暴漢に襲われたとか」

「そんな……」

「根拠があるわけじゃねえ。あくまで仮定の話だ。いまのところ、なんとも言えねえ。ともかく、ちょっと調べさせてくれ」

タイゴは小屋の内側と外側をつぶさに検分した。すぐに、小屋の外の地面がわずかに濡《ぬ》れているのに気づいた。

「この辺、夜中に雨が降ったのかい？」

「ええ。明け方にパラパラと」

「くそっ、降るならもっとちゃんと降れよ！」

タイゴが天を仰いでののしる。ネコ科のタイゴは、同僚のサスほどではないが鼻が利いた。失踪から間もないので、地面が乾燥していればフリスのにおいが残っていた可能性があったが、雨で流されたようだった。いっそ、もっと強く雨が降ってくれれば、フリスの足跡が追えたかもしれない。しかし、雨はお湿り程度だったらしく、足跡が残るほどではなかったのだ。

小屋に目をやったタイゴは、木戸の外側、高さ二十センチメートルほどのところに引《ひ》っ掻《か》いたような痕跡《こんせき》があるのに気づいた。タイゴはその痕跡に目を近づけた。年代物の木戸は風雨や土埃《つちぼこり》ですっかり黒ずんでいたが、そこだけ鉛直方向に表面が薄く削られ、五センチほど白く筋状にけばだっていた。なにか尖《とが》ったもので縦に引っ掻いたために、傷ができたようだ。

「この傷痕《きずあと》に見覚えは？」

「あら、いままで気づきませんでした。前にはこんな傷はありませんでした。モー、困ったわ」

タイゴはシュレスの角《つの》を見上げ、「あんたがその角で引っ掻いたわけじゃないんだな？」

「ワタシじゃありません。頭を地面すれすれまで下げないと、そんな位置に傷なんてできませんよ。小屋の前に草が生《は》えているわけでもないので、そんなポーズをとるはずありません」

「あんたの息子がつけた可能性は？」

「フリスはまだ角が生えていないので、そんな傷はつけられませんよ」

「もっともだな」タイゴが母ウシの主張を認めた。「最近訪ねてきた誰かのせいってことは？」

「訪問客なんかほとんどいませんからねえ。それこそ、探偵さんの前に訪ねてきたのは、フリスと仲良しのヘリアちゃんくらいでした。四日か五日くらい前のことです。いや、六日前だったかしら……」

タイゴは苦笑しながら、「その子のせいでもなさそうだが、一応会ってみるか」

タイゴはさっそく、失踪したフリスと仲がよいというジャージー種のヘリアを訪ねた。ヘリアの棲む小屋は、大型草食獣たちが多く暮らすハーボビア湿地を見下ろす高台にあった。

高台に立ったタイゴは、一瞬立《た》ち眩《くら》みのような症状に襲われ、目を閉じた。幼かったときに経験した悪夢のような思い出がふいによみがえったのだ。

父親のライオンは、タイゴを一獣前《いちにんまえ》の雄に育てるためにスパルタ教育を施した。その一例が、わが子を千尋《せんじん》の谷底へ突き落とし、自力で這《は》い登《のぼ》らせる試練だった。タイゴは父親から谷底へ突き落とされたときの恐怖をいまもまざまざと覚えていた。重力に導かれて落下する際の腹の底が持ち上がるような嫌な感覚……ぐんぐんと目の前に迫る地面と直後に全身を襲った激痛……全身傷だらけになって這いあがるときの絶望感……。タイゴは死に物狂いで頑張って、なんとか試練を克服したが、それ以来、高所恐怖症になってしまったのだ。

気を静めて、ゆっくりと瞼《まぶた》を開く。すると、湿地のほうから赤い色をした虫が湧《わ》きあがるように次々と飛んでくるのが目に入った。捕まえてみると、毒々しい色で、見るからにまずそうだ。タイゴにはその虫が、まるで世界の異変を知らせる先ぶれのように感じられ、握りつぶして放り捨てた。そして、小屋へと近づいていく。

小屋の近くではあどけない子ウシが一頭で草を食べていた。ヘリアに違いないと当たりをつけ、タイゴはぎこちなく笑顔を作って近づいた。

「こんにちは。きみはヘリアちゃんかな?」

突然、見ず知らずの成獣のライガーから声をかけられ、ヘリアが怯《おび》えた。目を丸くしてこちらを見ている。四肢が小刻みに震えているのを、タイゴの目がとらえた。

「見知らぬ成獣から声をかけられたら、まずは親の姿が見える場所まで逃げる。それが正解だ。さて、きみのお母さんはどちらかな? おじさんはきみに用事があるんだけど、最初にお母さんに許可をもらおう」

「ママはハーボビア湿地へ出かけています。おじさんはどなたですか?」

ヘリアは利発そうな幼雌《ようじょ》だった。タイゴは幼獣《ようじ》の相手が苦手だった。ライオンとトラの雑種(ハイブリッド)であるライガーは、子孫を残すことができない。先天的に生殖能力を欠いているタイゴにとって、子どもはできれば関わりたくない相手なのだった。しかし、ここはそうも言っていられないので、作り笑顔で答えた。さすがに幼獣相手に強面《こわもて》で接するわけにもいかない。

「探偵のタイゴ……といいます。実はきみのお友だちのフリスくんが一昨日の夜から行方不明になっているんだ。捜すのを手伝ってくれるかな?」

「フリスのママからも聞きました。まだ見つかっていないんですね。かわいそう」

悲しそうな表情になるヘリアに、ここぞとばかりに質問する。

「きみが最後にフリスくんと会ったのはいつ？」

「六日前です。一緒に駆けっこをして遊びました」

記憶力に関しては、フリスの母親よりもヘリアのほうがよほどしっかりしていた。

「そのとき、フリスくんにいつもと違うようすはなかったかな。どこかへ行きたいとか言ってなかった？」

「聞いていません」ヘリアが視線を遠くに向けた。「フリスは甘えん坊なので、ママのそばから離れたくないんじゃないかなあ」

「そっか。じゃあ、フリスくん、どこへ行っちゃったんだろう」

「さらわれたのかもしれません」

ヘリアの答えは、タイゴの意表をついた。

「さらわれた？」

「だって、マレーバクのママもさらわれたみたいですから」

「なんだって？」

タイゴの声が思わず大きくなった。

3

目が覚めたのに、ナンナンの視界は真っ暗だった。

パニックになりかけたが、深呼吸をして気を落ち着かせると、目隠しをされていることがわかった。すぐに外そうとしたけれど、両前足《りょうて》が利かない。なにかで手首を縛られているようだった。

「いったいどうしたんだっけ」

ナンナンは独りごとをつぶやきながら、記憶を探った。

タイヤのブランコにうまく乗れるよう、一頭《ひとり》で練習をしていたとき、突然視界が真っ暗になって、体が宙に浮いたのだった。ブランコから派手に落っこちて、頭をどこかにぶつけたんだっけ？　でも、その直前はブランコに前足をかけただけだった。仮にあの体勢でうしろにひっくり返ったとしよう。ふつうそんなドジを踏む動物なんていないだろうが、驚くほど運動神経が鈍《にぶ》いナンナンならば転んでも不思議ではない。そう自覚しているのだから、可能性はある。

しかし、たとえあのときひっくり返ったとしても、気を失うほどの衝撃を受けるとは考えられない。その程度で気を失っているようなら、毎日数回は気を失っていないとおかしいが、そんなことはない……ないはずだ……ないと信じたい。それに後頭部には痛みがない。傷もたんこぶもなさそうだから、転んだわけではないはず。

「えっへん」

なんとなく誇らしい気分になったナンナンは、さらに思考を重ねた。

視界が暗くなったのは、いきなり目隠しをされたからに違いない。宙に浮く直前、なにか棒のようなものがナンナンの股間《こかん》に入ってきたのを思い出した。その棒のようなものに撥《は》ね飛ばされて、宙に浮いたような気がする。落ちた衝撃で、しばらく気を失っていたのだろう。その間に手首を縛られてしまったのか……。

ナンナンは不自由な体勢のまま、現状を把握しようと、神経を研ぎすました。ガタゴトと音がして、体が小刻みに揺れる。板の上に乗っている感触がある。どうやら荷車のようなものに乗せられ、どこかへ運ばれているようだ。路面のでこぼこがそのまま衝撃として背中に伝わってくる。乗り心地ははなはだしく悪かった。

なんとか手首の拘束が解けないだろうか。後足のほうは縛られていなかったので、股を開いて荷台に座り、両前足を縛っているひものようなものに思いきり嚙《か》みついてみた。しかし、ゴムでできているようで、嚙みちぎることはできなかった。タケを食いちぎることができるパンダは顎《あご》の力はかなり強い。だが、弾力のあるゴムが相手では役に立たなかった。

自分は何者かに捕らわれ、どこかへ連れていかれているらしい。その状況は理解できたものの、行き先も目的もまったく想像がつかなかった。

「もしかして、誘拐された？」

しかし、誘拐される心当たりなどまるでない。誘拐だとしたら、犯獣《はんにん》はなにが目的なのだろう？

ナンナンは天涯孤独だ。取り立てて資産もなければ、貴重な遺品を持っているわけでもない。営利を目的に誘拐されるとは思えなかった。

また、ナンナンが急にいなくなったところで、困る獣《ひと》、悲しむ獣もほとんどいないはずだ。ようやく学業を修了し、これから社会に出ようというナンナンはどこの組織にも属しておらず、無名の存在だった。そんな動物をさらう意味があるだろうか。自分の身の上に思いを馳《は》せているうちに、ナンナンの大きな目に涙が溜まってきた。

「かわいそうなボク……」

泣いている場合ではない。顔を振って涙を飛ばし、考える。

「どこかに売り飛ばすつもりなのかな？」

アフラシア共和国では肉食獣たちが鳥獣の肉を食べなくなって久しいが、いまだに血の滴《したた》る肉の味が忘れられない好事家のために、生肉が流通するブラックマーケットが存在するという噂《うわさ》を耳にしたことがある。海の向こうには大アメリカ帝国という国があり、そこではいまでも肉食獣たちが草食獣をむさぼり食っているとも聞く。役に立たないパンダとて、食肉としての価値くらいはあるだろう。肉として売り飛ばされるためにこれまで生きてきたのだとしたら、なんと虚《むな》しい獣生《じんせい》なのだろう。

「やっぱ、かわいそうなボク……」

ナンナンがわが身を嘆いていると、急に荷車の動きが止まった。弾みで、ナンナンはゴロンと転がり、荷台に頭をぶつけた。

「痛っ！」

思わずナンナンが叫ぶと、思いのほか近くから、見知らぬ声が聞こえてきた。

「こら、客獣《きゃくじん》をそんなに粗雑に扱うんじゃないよ。まったく、あんたは乱暴なんだから」

4

タイゴは最初、フリスの失踪にはヘリアが絡んでいるのではないかと疑っていた。だが実際に会ってみると、ヘリアは純粋無垢《むく》な幼雌《しょうじょ》で、とても事件に関わっているとは考えられなかった。

むしろ、ヘリアの話を聞いて、新たな可能性が浮かびあがってきた。フリスは誘拐あるいは拉致《らち》されたのかもしれない。ヘリアによると、一時間ほど前にマレーバクの幼獣《ようじ》たちが、母親が何者かに連れ去られたと泣き叫びながら、ハーボビア湿地のほうへ駆けていったという。

ホルスタインとマレーバク。どちらも白黒ツートーンの動物である。偶然かもしれないが、タイゴは妙に気になった。もしかしたら、連続誘拐事件ではなかろうか？

誘拐と拉致は違う。誘拐とは本獣《ほんにん》を欺いたり惑わせたりして連れ去ることで、本獣の意思に反して無理やり連れ去るのは拉致という。そう考えると、多くの場合、誘拐よりも拉致のほうが多いと思われるが、細かい定義はともかく、広義の連れ去り事件を誘拐事件と呼ぶことにしよう、とタイゴは決めた。

ダメ元で一応、話を聞いておくか。

そう考えたタイゴは、マレーバクの幼獣たちを追って、ヘリアの小屋のあった高台からハーボビア湿地へと下りた。高台から湿地を見下ろすとまた立ち眩みに襲われるかもしれないので、己の足先の地面だけを見ながら、慎重に歩を進めた。

水辺ではアフリカスイギュウやカバ、サイなどの大型草食動物が草を食《は》んでいた。背中にウシツツキという小さな鳥を乗せている者もいた。この鳥に、ダニやシラミ、ノミなどの外部寄生虫を食べてもらうのだ。

さしものライガーも大型の草食獣のそばを通るときは少し緊張する。体が大きい動物は、パワーが半端《はんぱ》ないからだ。とはいえ、どの動物にも長所と短所がある。アフリカスイギュウは気性が荒いが、小回りが利かない。カバも怒らせると獰猛《どうもう》だが、地上では足が遅い。サイの破壊力は抜群だが、視力が弱い。弱点を正確につかんでおけば、そう簡単にやられることはない。

湿地にも例の赤い虫が飛んでいた。密度は高台よりも明らかに高い。どこかで大量に発生しているようだ。タイゴにはこの毒々しい虫が凶事の前兆のように思われて仕方なかった。

臭跡をたどっていくうちに、泣きながら歩いている二頭《ふたり》の茶色い幼獣を見つけた。最初はイノシシの子、瓜坊《うりぼう》かと思った。しかし、よく観察すると、濃い茶色の体には白い斑点《はんてん》状の明瞭《めいりょう》な縞模様が入っており、鼻先もイノシシよりも長かった。

タイゴは速足で一気に間合いを詰めると、幼獣たちに話しかけた。

「おい、おまえら」

見知らぬ大型肉食獣に突然声をかけられ、幼獣たちの泣き声が大きくなった。怯えさせてしまったことを自覚したタイゴは、犬歯を必死に隠して、精いっぱいの猫なで声を出した。

「きみたち、ちょっといいかな?」

わずかに大きいほうの幼獣が泣《な》きやみ、タイゴの顔を見た。

「ライオンのおじさん、なに?」

小さいほうの幼獣もタイゴを見た。こちらの子は少し震えていた。

タイゴは幼獣たちを安心させようと、無理やり笑った。すると口角が持ちあがり、鋭い犬歯が剝《む》き出《だ》しになった。それを見て小さいほうの幼獣がいまにも泣きそうになった。タイゴは慌てて犬歯を隠し、「ごめんごめん。怖がらせるつもりはなかったんだ。許してくれ。おじさんは探偵のタイゴっていうんだけど、きみたちはマレーバクかな？」

小さいほうの幼獣がべそをかく中、大きいほうの幼獣はタイゴを見つめたまま黙って首を縦に振った。

ハードボイルド派の一匹狼《いっぴきおおかみ》タイプの探偵だと自負してきたタイゴにとって、今日は災難だった。幼獣は苦手なのだ。特に泣く子を相手にどう接すればいいのか、勝手がわからない。せめて声色だけは優しくしようと心がける。

「さっき小耳にはさんだんだけど、きみたちのママがいなくなったんだって？」

「うん」大きいほうの幼獣が答えた。「ママ、連れていかれちゃったの」

「ママの名前は？」

「タピ」

「タピさんか。誰に連れていかれたんだい？」

「わからない。見たことのない獣《ひと》」

子バクたちは生後数ヵ月しか経っていないと思われた。母親がこんな幼いわが子をほったらかしにして姿を消すとは考えにくい。しかし、犯獣《はんにん》の手がかりが少なすぎる。獣生《じんせい》経験が少ないバクの兄弟には、ほとんどの動物は「見たことのない獣」に違いない。

と、泣きやんだ小さいほうの幼獣がぽつんと言った。

「大きな獣。ママよりもずっとずっと大きかった」

マレーバクの成獣《おとな》の体長は二・五メートルくらい。決して小さくはないが、かといって大きくもない。マレーバクよりも大きな動物なんていくらでもいる。しかしマレーバクは丸々と肥えているので、体長のわりに体重はかさみ、大きい個体だと四百キログラムに達する。それだけの重さの獣を連れ去るとなると、それなりに大きな動物でなければ難しいということは想像がつく。

「他に特徴はなかったかい？」

訊いてみても、バクの兄弟は顔を見合わせるばかりだった。タイゴは質問を変えた。

「ママはいついなくなったの？」

「今日の朝」

「日がのぼる前」

二頭が同時に答えた。まだ半日経っていない。それならば臭跡を追えるかもしれない。

タイゴは期待をこめて尋《たず》ねた。

「ママがいなくなったとき、きみたちはどこにいたの？」

「わかんない」

「迷っちゃった」

どうやら二頭は母親を捜すうちに、迷子になってしまったようだ。母親がさらわれたときどこにいたのかわからないのでは、臭跡のたどりようがない。

バクの兄弟からこれ以上有益な情報を聞き出すのは難しそうだった。この幼獣たちは、タイゴにとっては依頼獣《らいにん》ではない。ドライに考えれば、このまま放っておいてもかまわないのだが、さすがにそれは不憫《ふびん》だろう。タイゴは二頭を交番に連れていくことにした。

アフラシア共和国を統治するのは、一部の選ばれし動物からなる枢機院《すうきいん》の政治家たちと、彼らが選ぶ大統領であった。現在はボノという老齢の雄《おとこ》のチンパンジーが大統領の地位に就いている。枢機院にはチンパンジーの他に、オランウータン、マンドリル、アジアゾウ、ヒグマ、ヘラジカ、インドカワイルカ、ワシミミズクといったトップエリートの鳥獣たちが名を連ねている。そして、共和国の治安は、枢機院の意向を受けた警察組織に委《ゆだ》ねられていたのである。

交番を訪ねると、警察の徽章《きしょう》がついた制帽を被《かぶ》ったジャーマンシェパードの巡査が捕虫網を持って前に立っていた。

「おい、就業時間中に虫捕りか。ずいぶん暇なんだな」

タイゴにからかわれたジャーマンシェパードは目を三角にした。

「なんだと、きさま。なにか用か？」

「警察官は公僕だろう。その態度は庶民に対するものとは言いがたいな。まあ、どうせ警察は枢機院のお偉いさんの顔色ばかりうかがっているようだしな」

タイゴに不満をぶつけられ、巡査は少し冷静になったようだった。

「それはどうかな。本官は庶民の苦情を処理するために、わざわざ捕虫網を用意したんだぞ」

「虫捕りがどうして、苦情処理になるんだよ」

するとそのとき、一匹の赤い虫が交番の前に飛んできた。シェパード巡査はすばやく網を振り、その虫を捕まえた。

「見てのとおり。ここ数日、このカミキリムシが異常発生していて、虫嫌いのご婦獣方《ふじん》から、なんとかしてくれという苦情が殺到してるんだ。まったく、いまいましい」

「ああ、そいつなら、たしかにたくさん飛んでいるな。なんて虫なんだ？」

「ベニカミキリだとよ。もともと極東でタケなんかを食っていた虫らしいが、近年この辺にも進出してきたそうだ」

いまタイゴたちがいるのは、アフラシア共和国の首都であるハイデラバードという都市の近郊だった。

「外来種ってわけか。どうりでこれまで見たことないと思ったぜ。外来種は爆発的に増えるらしいから、早めに手を打ったほうがいいぜ。警察総出で駆除しちゃどうだい」

「警察も忙しいんだ。そこまで獣手《ひとで》は割《さ》けない。ところでなんだ？　用があるんじゃないのか」

「ああ、オレだってこんなところで油を売ってる場合じゃない。ほら、迷子を連れてきた。母親からはぐれたそうだ」

シェパード巡査はバクの兄弟に目をやり、「この子たちが？」

「ああ。白黒まっぷたつに分かれた成獣とは色合いが違ってわかりにくいが、正真正銘マレーバクの幼獣だ。ハーボビア湿地を歩いていたら、この子たちとばったり出会っちまった。母親とはぐれたのは今朝だそうだ。ということで、あとは頼むぜ」

「イヌのおまわりさん、虫捕りしてるの？」

「ボクもやりたい」

二頭の子バクが捕虫網に興味を示した。巡査が「やってみるかい」と笑顔になるのを見て、タイゴは交番の前から急いで立ち去った。少なくとも、幼獣の扱いに関しては、自分よりもシェパードの巡査のほうが長《た》けているようだ。

タイゴはバクの母親が連れ去られた件にはあえて触れなかった。すぐに幼獣たちから聞くだろうが、ホルスタインの子ウシもいなくなっていることまでは気づくまい。こちらからわざわざ親切に教えてやるつもりはなかった。失踪事件ならばともかく、誘拐事件のおそれがあるとなると警察も動くに違いない。できれば警察より先にフリスを連れ戻し、シュレスから報酬をせしめたい。

さて、次はどうしたものか。タイゴは思考を巡らせた。

ホルスタインとマレーバクに共通するのは、体が白と黒のツートーンカラーだということだ。この二頭が誘拐されたとして、犯獣の意図はなんなのだろう？

モダンなインテリアとして白黒二色の毛皮が欲しいのか？　狂信的な宗教儀式の生贄《いけにえ》にでも必要だというのか？

納得できる理由は思いつかなかった。二頭がツートーンカラーだったのは、たまたまにすぎないのだろうか。本当にこの二頭は同じ犯獣に誘拐されたのだろうか。思考がひと巡りしたとき、タイゴは別の視点に思い至った。

はたして誘拐されたのはホルスタインとマレーバクの二種だけなのだろうか？

白黒ツートーンの動物ならば、他にもいろいろいるではないか。ジャイアントパンダもそうだし、シマウマもそうだ。全身を鋭い針毛で武装したヤマアラシもいれば、強烈な臭気で敵を撃退するスカンクだっている。真っ黒な背中に白いマントのような毛を生やしたアビシニアコロブスというサルもそうだし、白地に黒い斑点をたくさん持つダルメシアンというイヌだって当てはまる。水の中にはシャチやイルカの仲間がいるし、ツバメやペンギンといった鳥もいる。

もしかしたら、ホルスタインとマレーバク以外にも誘拐されたツートーンカラーの動物がいるのかもしれない。あるいは、これから誘拐されるかも……。

そんなことを考えていると、背後から声をかけられた。

「タイゴ、こんなところにいたのか。所長が呼んでいるぞ。すぐに事務所に戻ったほうがいい」

声の主はイボイノシシのサスだった。アニマ探偵事務所に勤める、タイゴの同僚である。

「なにかあったのか？」

タイゴの頭をよぎったのは、報告書に不備があり、几帳面《きちょうめん》な所長から書き直しを命じられるという状況だった。面倒くさいなあ、と思いながらも、無視するわけにはいかない。タイゴは急ぎ足で事務所に戻った。

事務所に帰ると、意外な獣物《じんぶつ》の姿があった。依頼獣のホルスタインのシュレスが晴れやかな顔をして待っていたのだ。傍らには子ウシの姿もあった。

ロックスがタイゴに説明した。

「フリスくんが無事に帰ってきたそうだ。よって、調査はこれにて終了だ」

「ええっ？」

驚きを隠せないタイゴに、シュレスが頭を下げた。

「お騒がせをして、すみませんでした。このとおり、フリスは戻ってきました。ご心配をおかけしました」

母ウシが隣の子ウシを目で示した。この幼獣がフリスなのだろう。フリスは会ったことのない成獣の動物たちに囲まれて、おどおどしていた。ざっと見たところ外傷などは見当たらない。

「ともかく、無事でよかった」タイゴがシュレスに訊く。「結局、誘拐じゃなかったってオチか？」

「誘拐は誘拐だったみたいなんですけど……」

母ウシの煮え切らない答えに、タイゴが先を促《うなが》す。

「どういう意味だ？」

「できたら本獣《ほんにん》に直接訊いてみてください」

また幼獣を相手にしなきゃならないのか。タイゴは内心うんざりしたが、表情を取りつくろってフリスと向き合った。

「お母さんもヘリアちゃんも心配していたんだよ。いったい、どこへ行っていたんだい？」

「夜中におしっこにいったの。おしっこが終わったら突然、目隠しをされたの」

「目隠し！　うん、それで？」

「それから、凄《すご》い力で放り投げられ、荷車みたいなものに乗せられたの」

タイゴはフリスをまじまじと眺《なが》めまわした。子ウシとはいえ、体重は二百キログラムほどありそうだった。この体を放り投げようとしたら、カタパルト（投石機）のような装置が必要になるのではないだろうか。タイゴはすぐにそう思った。

「それから？」

「ずっと目隠しをされていたからよくわかんないけど、遠くまで運ばれたみたい」

「どこへ連れていかれたの？」

「目隠しをはずしてくれなかったから、わからない。眠たくなったから寝てしまったの。起きたら枕元《まくらもと》に干し草が置いてあるのがにおいでわかった。お腹《なか》が減ったので、それを食べて、また眠って、気がついたら家に戻っていたの」

「つまり、なにもされなかったってことかな？」

「うん」フリスがうなずいた。「干し草を食べて帰ってきただけ」

「気がついたら、小屋の前にフリスがいたんですよ」シュレスが割りこんだ。「目隠しをされたままでね。特に危害を加えられたわけでもなく、無事に帰ってきてくれて、ほっとしました。どうもありがとうございました」

「いや、オレは特になにもしていないし……」タイゴはロックスに訊いた。「これってどういう事件でしょう？　これだけの大きさの動物を連れ去ったわけですから、犯獣は一頭《ひとり》ではないでしょう。犯獣グループはなぜフリスくんを誘拐したのか？　もしかしたら、二日間、シュレスさんを一頭にしておくことが目的だったとか……」

ロックスが鼻を鳴らす。

「あれこれ考えすぎるのがおまえの悪い癖だ。事件は解決したんだから、一件落着ということでいいじゃないか」ロックスは鼻先でタイゴの肩を軽く叩《たた》くと、母ウシに笑顔を向けた。「つきましては、今回の調査費用ですが……」

5

「こら、客獣《きゃくじん》をそんなに粗雑に扱うんじゃないよ。まったく、あんたは乱暴なんだから」

耳に飛びこんできたのは甲高《かんだか》い声だった。雌《おんな》の声だと思われる。

「ごめんなさい。すみません。許してください」

叱られたと思ったナンナンが必死に謝ると、雌が高い声で笑った。

「あんたに言ってんじゃないよ。この図体ばかりでかいでくの坊に言ってんのさ」

「はあ」

早とちりだったとわかり、ナンナンは少し安心した。まだ気は動転していたが、ナンナンは懸命にようすをうかがった。といっても、目隠しをされたままなので、耳をそばだてるのがせいぜいだった。どうやら目的地に着いたようだ。

「どうもすみません。さて、こいつ、どうしましょう？」

この低い声は、でくの坊とののしられたほう、つまりナンナンをここまで運んできたほうだろう。こちらは雄《おとこ》のようだった。雌に意向を訊いている。犯獣《はんにん》は少なくとも二頭《ふたり》はいて、雌のほうが格上のようだ。

「アタシが客獣の面倒を見るから、あんたは前の客を帰してきとくれ」

「えっ、やっぱり帰しちゃうんですか？」

「決まってんだろ。いつまでもここに置いといちゃ、警察沙汰《ざた》になっちゃうよ。とっとと帰してきな」

「へえ、わかりやした」

雄はそう答えると、どこかへ去っていったようだった。雌が話しかけてきた。

「黙ってこちらの言うことを聞いてくれりゃ痛い目には遭わせないから、心配は無用だよ。あんた、名前はなんてんだい？」

突然話しかけられて、ナンナンは戸惑った。

「えっ……あ、ボ、ボクですか？」

「あんたに言ってるに決まってるだろ！」

どうやらこの雌はとても怒りっぽいようだ。あまり怒らせるとなにをされるかわからないので、下手に出る。

「ごめんなさい。すみません。許してください。ボク……ナンナンといいます。あの、ボクはこれから……」

どうなるのでしょう、と訊く前に、犯獣の雌が質問を浴びせた。怒りっぽいうえに、せっかちのようだ。

「ナンナンか。あんた、親兄弟は?」

「父と兄は故郷の四川で亡くなりました。母もこちらに来てから他界しました」

「なんだ、そうなのかい?」

雌の声に深い落胆の響きが感じられる。無理もない、とナンナンは思った。せっかく誘拐したのに、身代金《みのしろきん》を手に入れることはできないのだから。

気を取り直したような口調で雌が問う。

「親戚《しんせき》はどうなんだい? あるいはパンダの知り合いや友だちはいないのかい?」

「親族はみんな中国の四川に棲んでいますが、音信不通です。こちらにはジャイアントパンダの知り合いはいません」

ナンナンの答えを聞いた雌が舌打ちしたので、ナンナンは反射的に「ごめんなさい。すみません。許してください」と謝った。

犯獣の雌が黙りこんだ。誘拐してきたもののまるで役に立たないとわかり、どうしたものかと策を練っているのだろう。

さっきの雌と雄の会話から、先に誘拐されてきていた被害獣《ひがいしゃ》は帰されたようだった。警察沙汰にはしたくないようだから、身代金さえ払えば速やかに帰してくれるのかもしれない。しかし、ナンナンには頼れる身寄りもなければ、自身の蓄《たくわ》えもない。その場合は、どうなってしまうのだろう。奴隷のようにこきつかわれるのか、どこかに身売りされるのか、それとも食肉用に……次々と悪い連想が広がる。

わが身を案じながらも、ナンナンは気がついたことがあった。最初、犯獣の雌の声は、雄と同じ場所から聞こえていた。声が聞こえてくる場所は、ナンナンが二足歩行になったときの頭の位置くらいだった。しかし、雄がいなくなったあと、雌の声はそれまでの二倍くらい高い所から聞こえてくるのだ。雌のほうはかなり背が高いと思われた。

雄の犯獣は、たとえなにかの道具を使ったとしても、ナンナンを軽く放り投げたくらいなので、相当な怪力の持ち主だといえる。その雄よりも大きく、威張っている雌はどれだけのモンスターなのだろう。

そのモンスターの気配が消えた。物音を聞き逃さないように耳をそばだてているのに、息遣いすら聞こえない。気づかないうちにどこかへ行ってしまったのだろうか？　それだけ大きな動物が立ち去ったのであれば、いくらゆっくり歩いたとしても、足音や振動くらいは感じそうなものなのに、まったく気づかなかった。緊張しすぎて、知覚が麻痺《まひ》しているのだろうか。

目も見えないし、なにも聞こえない。そんな状態でどれだけ放置されただろう。時間の感覚はとうに失われていた。

モンスターはもう自分に興味を失ったのだろうか。そうだったら嬉《うれ》しいが、それならば拘束くらい解いてほしいものだ。

と、そよ風が吹き、体毛を優しく撫《な》でた。風とともにかすかなにおいをナンナンは感じた。

「タケのにおいみたい……」

そう口にしたとたん、猛烈な空腹を覚えた。ナンナンは小柄なくせに大食漢だった。昼食前の運動をしているところを誘拐されたので、もう何時間食べていないだろう。意識したのがよくなかった。ナンナンのお腹が盛大に鳴った。

「あんた、ようやくお腹が空いたようだね」

だしぬけに甲高い声がした。モンスターはどこかへ行ってしまったのではなく、すぐ近くで息を潜めて待っていたのだ。たちまちナンナンの背筋が凍《こお》った。

6

翌日——。

ホルスタインの子、フリスの誘拐事件は解決した。たいした額ではなかったが、調査費も稼ぐことができた。アニマ探偵事務所のロックス所長はこれで一件落着と宣言したので、そこまでの報告書も昨日提出した。事務所としては、誘拐事件は解決済み案件となった。しかし、タイゴは納得していなかった。

犯獣《はんにん》は誰なのか？　なんのためにフリスを誘拐したのか？

この疑問に答えが見つかるまで、タイゴは事件を追おうと決意した。とはいえ、フリスの事件をこれ以上深追いしても、新たな事実は出てきそうにない。であれば、マレーバクの母親、タピの誘拐事件に突破口を見いだすしかない。

残念なのは、バクの幼獣《ようじ》たちの棲《す》みかがわからないことだった。警察の力を借りるのはいまいましかったが、ジャーマンシェパードのいる交番に行くしかなかった。

シェパード巡査は、今日も捕虫網を持って交番の前に立っていた。

「相変わらず虫捕りかい。精が出るね」

タイゴはまじめにねぎらったつもりだったが、巡査はからかわれたと感じたようだった。

「また、きさまか。本官を愚弄《ぐろう》するつもりなら、公務執行妨害で逮捕するからな」

「待ってくれよ。あんたに教えてほしいことがあって、わざわざ足を運んできたんだ。そう喧嘩腰《けんかごし》になるなよ」

「また、厄介事を持ちこんできたんじゃないだろうな」

うんざり顔の巡査に、タイゴが質問する。母バクの誘拐の件はおくびにも出さず、あくまで迷子を届けた善意の第三者という立場を保《たも》った。

「昨日のバクの迷子はそんなに厄介だったのか？」

「ああ」シェパードが苦虫を嚙み潰《つぶ》したような顔になった。「あの子たち、母親からはぐれたのではなく、母親が何者かに連れ去られたなんて訴えはじめてな……」

「えっ、そうなのか！」タイゴは初めて耳にしたように驚いてみせた。「だったら、誘拐じゃないか」

「幼獣がさらわれるのならありうるが、母親のほうがさらわれるなんて、聞いたためしがない。眉唾《まゆつば》な気もしたが、本当に誘拐事件だったら一大事だろ。ともかく、母親が連れ去られた場所まで案内するよう、兄弟に求めても、迷ってしまってわからないという答えだ。そこらじゅうの住獣《じゅうにん》にマレーバクの棲みかを尋ねて、日の暮れた頃に、ようやくたどり着いたんだ」

「それで、棲みかに母親はいたのか？」

勢いこむタイゴに、シェパード巡査は首を縦に振った。

「ああ。幼獣たちがいなくなって心配していたようで、とても感謝された」

「いたのか？」

タイゴが繰り返すと、巡査も繰り返した。

「だから、いたんだよ」

「誘拐ってのは……ガセだったのか？」

「ガセというより、幼獣たちの勘違いだろう。タピって名前の母親に訊いたところ、ちょっと用事で出かけただけだったそうだ。いきなり母親がいなくなってパニックになった幼獣たちは、じっと待っていればいいのに勝手に歩き出して、おかげで迷子になった。それが真相のようだ。ともかく、本官はくたびれもうけさ」

「なに言ってんだ。迷子を送り届けたんだから、立派に職務を果たしたんじゃないか。警察官の鑑《かがみ》だ」

タイゴが褒めると、シェパード巡査は心持ち胸を張った。一方、タイゴの気勢はそがれていた。タピが棲みかにいたのならば、誘拐というのは巡査の言うとおり、幼獣たちの勘違いだった可能性が高い。

それでもせっかくなので、バクの母親から一応話を聞いておくか。そう考えたタイゴがタピの棲みかを訊くと、褒められて気をよくした巡査はためらわずに教えてくれた。

交番から棲みかまで、タイゴの足で一時間ほどかかった。このあたりまで来ると、ベニカミキリはもう飛んでいなかった。昨日の幼獣たちはずいぶん遠くまでさまよい歩いたようだ。

タイゴが探し当てたとき、タピと子バクたちは昼寝中だった。マレーバクは元来夜行性なので、昼間は眠っていることが多いのだった。

それでも野性の勘が働くのか、タイゴが近づくと、タピが目を覚ました。体の前半分が黒、後ろ半分が白。改めて眺めてみても、けったいな動物だ。タイゴは、タピの腰のあたりが赤くなっているのに目を留めた。けがでもしたのだろうか。

タピが小さな目をしばたたいて、見知らぬ訪問客に警戒心をあらわにした。

「あなたは誰？　ウチらになんの用？」

母親の鋭い声で大きいほうの幼獣が目覚めたようだった。

「あ、ライオンのおじさん」

タピが幼獣に訊いた。

「知ってるの？」

「うん。昨日、イヌのおまわりさんのところまで連れていってくれたんだ」

「そうだったの」タピはタイゴのほうに向き直り、「息子たちがお世話になったみたいで、どうもすみません。失礼ですが、どちらさまで？」

「探偵のタイゴだ。念のために言っておくと、ライオンではなく、ライガー。昨日、あんたの幼獣たちが、あんたを捜して歩きまわっていた。家を訊いてもわからなかったから、交番に届けたんだが、この子たちから聞いた話が気になってね。それで確かめにきた」

いったん穏《おだ》やかになったタピの顔が再び曇った。

「どんな話でしょう？」

「幼獣たちによると、なんでもあんたは誰かに連れ去られたとか」

「昨日のおまわりさんも同じようなことを言ってましたけど、それは息子たちの勘違いなんですよ。ウチは用事があって出かけただけで……」

タピの目がかすかに泳いでいるのをタイゴは見逃さなかった。

「ちなみに、どちらへ？」

「近くの雑木林へ果物を探しに行ったんですよ。この時期、おいしい果物が生《な》るので、子どもたちに食べさせようと思って」

「嘘だな」

「どうしてそんなことが言えるんですか？」

「あんた、首を回して自分の腰を見ることはできないだろうから教えてやるが、赤くなってるぜ」

「えっ？」

「出血しているのかと思ったが、よく見たらベニカミキリの死骸《しがい》だった」

タイゴはタピの背後に回ると、腰にへばりついたベニカミキリの死骸をつまみ上げた。

タピは赤い虫の死骸を目にして、顔をしかめた。

「ベニカミキリ……？」

「ああ、おそらく知らないうちにあんたが踏みつぶしてしまったんだろう。さて、そのベニカミキリだが、外来種だそうで、本来この周辺にはいない昆虫だそうだ。ところがなぜか、ここからかなり離れたハーボビア湿地では大発生が確認されている。あんたの体にベニカミキリがくっついているってことは、少なくともあんたがハーボビア湿地の近くまで行ったことを示している。近くの雑木林へ行ったというのは嘘だな？」

タイゴから論理的に攻められ、タピが答えに詰まった。タイゴがさらに迫った。

「あんたは誘拐、もしくは拉致されたんだろう？」

「違います」

「意地を張らずに教えてくれないか。実は誘拐されたのは、あんただけじゃない。オレの依頼獣《いらいにん》だったホルスタインの息子も何者かに連れ去られた。ふたつの事件の間にはなにか関係があるとオレは踏んでいる。頼むから、本当のことを教えてくれ」

強面のライガーに頭を下げられ、マレーバクの母親は当惑していた。

「あんたは寝てなさい」タピは幼獣に命じると、タイゴに目を向けた。「頭を上げてください。わかりました。本当のことをお話しします。と言っても、お話しすべき内容もほとんどないのですが」

「どんなことでもかまわねえ。いったい、なにがあったんだ」

「昨日の夜明け前でした。ウチは息子たちと一緒に水辺で草を食べていました。すると、いきなり視界を奪われたんです。最初は息子たちがいたずらしているのかと思ったのですが、違いました。誰かにいきなり目隠しをされたんです」

「ああ、それで？」

「戸惑っているうちに、両前足をひもかなにかで縛られて、あっという間に身動きが取れなくなってしまいました。そして次の瞬間、お腹の下になにか湾曲したものをあてがわれ、そのまま持ち上げられてしまったんです。気がついたら、荷車かなにかに乗せられていました」

フリスの場合と同じだ、とタイゴは思った。違っているのは荷車に乗せられるときの状況くらいだ。フリスは放り投げられたようだが、母バクはゆっくり持ち上げられたという。

タイゴは改めて母バクの体をまじまじと眺めてみた。丸々と太っており、体重は三百キログラムくらいありそうだ。たとえカタパルトを使ったとしても、この体を放り投げるのはさすがに難しかったのだろう。ただ、長い棒さえあれば、テコの原理で重い物体でも持ち上げることができる。犯獣はカタパルトではなく、テコを使ったのではないだろうか。

タイゴはそう考えた。

「その荷車で犯獣のアジトへ連れていかれたんだな?」

「たぶん……」

「ずいぶん曖昧《あいまい》な答えだな」

「荷車に乗っていたのは一時間かそこらだったと思います。その気味の悪い赤い虫を踏みつぶしたとしたら、荷台の上で横になっていたときかもしれません。やがて荷車が止まり、いったんそこで降ろされたのですが、特になにもされませんでした」

「なにもされなかった?」

「ええ」タピがうなずく。「犯獣は二頭組《ふたり》のようでした。雄《おとこ》のほうが拉致の実行犯で、雌《おんな》のほうが首謀者のようでした。漏れ聞こえてくる会話の端々《はしばし》から、そんな印象を受けました」

「なるほど、犯獣は雄雌《だんじょ》の二頭組か。それは有益な情報だぜ」

「その後ですが、ウチは一度も目隠しを外されることなく、再び荷車に乗せられて、ここまで連れてこられたのです。いったいなんだったのか、いまもさっぱりわかりません」

やっぱりフリスと同じだった。タピも数時間犯獣のアジトに連れていかれただけで、そのまま戻されている。

「本当になにもされなかったのか? たとえば毛を少し抜かれるとか、そんなこともなかったのか?」

「毛ですか？　ウチらマレーバクは毛が短いですからね。毛の長い動物と違って、抜かれたら痛いのですぐにわかります。そんなまねはされませんでした。でも、どうして毛を？」

「いや、説明しなかったが、ホルスタインの息子も特になにもされずに、帰されたんだ」

「あら、そうだったんですね」

「で、考えたんだが、ホルスタインもマレーバクも白黒ツートーンだろ。もしかしたら、犯獣が二色の毛が欲しかったんじゃないかと……まあ、単なる思いつきだ」

「ああ、そういえば、ウチが戻される直前、新たに誰かが連れてこられたみたいでした。雄の犯獣が誰かを運んできたとたん、雌の犯獣がウチを戻すように命令していましたから」

「思ったとおりだ」タイゴが顎を撫でる。「その被害獣《ひがいしゃ》もツートーンカラーの動物の可能性が高い」

「そうかもしれませんが、見ていないので、ウチにはなんとも言えません」

「残念だな。で、ここまで連れてこられて、釈放された、と。そのとき、犯獣の姿を少しでも拝めなかったのかい？」

「ええ。釈放されたときも目隠しはされたままだったので、見ていません。前足の拘束だけは解かれたので、なんとか時間をかけて自力で目隠しを外しました。ちょうどそのときに、おまわりさんが息子たちを連れてきてくれたんです。おまわりさんからも、連れ去られたんじゃないかと訊かれましたが、実質的に被害があったわけでもないし、事実を語ればかえって面倒かもしれないと思って、嘘をつきました。すみません」

タピがタイゴに頭を下げた。

「オレに謝る必要はないが、それにしても、犯獣の正体や、誘拐の目的に、なにも心当たりはないのかい？」

「犯獣についてはいろいろ考えてみました。でも、誰からも恨みを買った覚えはありません。こちらが気づかないような些細《ささい》な逆恨みならば、知らないうちに買っている可能性だってないとは言い切れません。でも、繰り返しになりますが、特に危害を加えられたわけではないので、犯獣の目的も見当がつきません」

「幼獣たちをあんたから離すことが目的だったんじゃないか？」

「それならば、最初から息子たちを誘拐したんじゃないでしょうか？　おそらくそちらのほうが簡単でしょう。息子たちはたしかに一時的にパニックになって怖かったみたいですが、あなたやおまわりさんのおかげで結局、無事だったわけですし……」

「謎《なぞ》は深まるばかりってことか。とりあえず、犯獣が雄雌二頭組とわかっただけでも進展だ。ありがとよ。オレはもう少し調べてみるわ」

「もし、なにかわかったら、教えてください。ご協力できることがあれば、なんでもおっしゃってください」

「ありがとよ。じゃあな」

タピの話を聞いて、タイゴの頭はますます混乱した。犯獣の意図がさっぱりわからなかったからだ。犯獣はどうして誘拐した動物をすぐに戻すのだろう。当事者であるフリスとタピの話を聞く限り、特に危害を加えられたようすはない。もちろん、被害がなかったわけではない。拘束されてどこか知らない場所に連れていかれるだけでも、大きなストレスにはなるだろう。だが、連れていく手間を考えると、犯獣サイドのメリットがわからないのだ。

気になるのは、母バクと入れ替わりに、別の動物が誘拐されてきたらしいことだった。その動物も白黒ツートーンなのだろうか。そもそもホルスタインとマレーバクが連れ去られたのは、その毛の色と関係しているのだろうか？

思いを巡らせていたタイゴの目の前を、一頭《ひとり》の白黒ツートーンの動物が通り過ぎていった。

「ラーテルもそうか……」

7

ナンナンはたらふくタケを食べてお腹がいっぱいになり、眠気がさしてきた。

昨日、空腹のあまりお腹が鳴ったのが嘘のようだ。あのときのことを回想する。

「あんた、ようやくお腹が空いたようだね」

犯獣《はんにん》の雌《おんな》モンスターがすぐ近くで息を潜めていたことがわかり、ナンナンは恐怖に凍りついた。このまま食べられてしまうかもしれない。もし食べられてしまうなら、ひと口でパクリといってほしい。生殺しは嫌だ。痛みにもがき苦しみながら死ぬのはご免だ。ナンナンはそう訴えたかったが、恐怖のあまり声がかれて、ことばが出なかった。

すると、すぐ近くでチャリーンと音がした。モンスターが、なにかを荷台に放ってよこしたようだった。

「頑張って自分でいましめをほどいてみるといいさ」

寛大な申し出に、ナンナンはつい「えっ、いいんですか？」と訊き返そうとしたが、やはり声が出なかった。

「誘拐の目的はもう果たしたも同然。あんたに身寄りがなかったのが、計算違いだったけど、諦めるよ」

モンスターはそのことばを最後に、どこかへ行ってしまった。

音がしたおおまかな位置は覚えていた。目隠しをされたままのナンナンは、縛られた両前足《りょうて》で荷台を探った。まもなく金属製の物体が指に触れた。その瞬間、指がちくりとした。

「痛っ！」

金属の尖った部分で、少し指を切ったようだ。慎重に触れて形を確かめる。犯獣の雌が残してくれたものは、小ぶりなナイフのようだった。

両掌《りょうてのひら》で挟むようにして持ち上げ、柄《え》を口でくわえた。ここまでくれば、あとは楽勝だった。両前足を縛ったゴム製のひもをナイフの刃で切り落とすと、右前足《みぎて》にナイフを持ちかえた。

ジャイアントパンダはクマ科である。クマは一般的に前足の指が横一列に並んでいる。そのためものをつかむのには向いていない。ところが、パンダは親指の根本にある手根骨《しゅこんこつ》が異常に発達して、まるで類人猿の親指のように他の指と向き合ったかっこうで突き出ている。小指の根本にある副手根骨も発達しており、骨格標本を見ると、指が七本あるようにすら見える。手根骨も副手根骨も指とは違うので動かすことはできないが、それでものを支えるのには役立つ。支えたうえで五本の指で包みこめば、上手にものをつかむことができるのだ。

タケをつかんで食べるために発達したこの特殊な指をうまく使って、ナンナンはナイフをつかみ、目隠しを外した。

「ヘクション！」

ずっと目隠しされていたところに、いきなり太陽の光が目に入り、眩《まぶ》しさのあまりナンナンはくしゃみをした。

「そうだ！」

近くにモンスターがいるんじゃないだろうか。ナンナンは目をこすると、周囲を見回してみた。およそ五百メートル先にレイヨウの群れがいる。しかし、さっきまでここにいた雌の犯獣はもっと背が高いはずだ。レイヨウのさらに数百メートル先にはキリンとゾウの影が陽炎《かげろう》に揺らいでいた。ここから一キロはありそうだ。キリンやゾウならば、動機はともあれ、犯獣の要件は満たしている。

ナンナンが拘束を解き、目隠しを外すまで、時間にして三分くらいしかかかっていないはずだ。それだけの時間で、あんなところまで逃げられるだろうか。

キリンは短距離ならば時速六十キロで走れるという。ゾウは時速四十キロだ。時速四十キロで三分走ると……ナンナンは暗算した……二キロメートルとなる。ナイフを投げ渡してからすぐにダッシュすれば、あの場所まで到達するのは不可能ではない。

でも、なんかしっくりこない、とナンナンは思った。大型獣が慌てて逃げるときの足音や振動などの気配を感じなかったのだ。いままでそこでしゃべっていたのに、急にいなくなった。そんないなくなりかただったような気がする。

「まっ、いいか」

ナンナンはそれ以上、考えるのをやめた。なぜなら、空腹が限界を迎えていたからだ。しかも、目の前にはなんとタケ林があったのである。犯獣捜しは、腹を満たしてからゆっくりしよう。

それから丸一日間、ナンナンは新鮮なタケをむさぼり食った。おかげで満腹となったが、ひとつ問題があった。ここのタケにはカミキリムシの幼虫がたくさん入っており、幼虫が食い荒らした部分はやたらと粉っぽいのだ。

「この粉はもしかしたら非常食になるかもしれないぞ」

そう考えたナンナンは、タケの粉をポシェットから取り出した袋に詰めながら食事をした。

腹が満ちると、今度は眠気が襲ってきたのだった。犯獣捜しのことは、もはや頭からすっかり飛んでいた。

8

タイゴはなんとなく気になって、目の前に現れた白黒ツートーンの獣、ラーテルのあとを追った。

ラーテルは奇妙な見かけをしていた。口先から喉《のど》、腹、四肢《てあし》は真っ黒で、頭から背中、尾にかけては白い毛が密生している。そのため、体の上面が白、下面が黒に塗り分けられているように見えるのだ。

体長は八十センチほどでそれほど大きくないし、四肢が短いせいで体高は低い。体重も十キログラム前後だ。どちらかというと小型の動物であるが、このイタチ科のツートーンカラーこそ、「世界で最も命知らずの動物」と呼ばれる暴《あば》れん坊《ぼう》だった。

なにしろラーテルは気性が荒かった。目の前にいるものは毒蛇だろうが大蛇だろうが飛びかかっていくし、邪魔をする者がいれば相手がライオンであろうがオオカミであろうが怯《ひる》まず襲いかかるのである。

ラーテルは短い四肢を繰り出して、がに股でひょこひょこ歩いていく。と、目の前の道を世界最大の毒蛇キングコブラが横断していた。長さ三メートルはある禍々《まがまが》しい姿に、タイゴは身ぶるいした。

しかし、ラーテルはまったく気にしなかった。

「おい、邪魔だ。どけ!」

キングコブラに向かって喧嘩を売ったのである。

「なんだと、このツートーンのイタチ野郎が。オレが先に道を渡っているところへ、おまえがのこのこやってきたんだろうが。オレが渡り終わるまでそこで待ってろ」

「しゃらくせえ。邪魔立てする者は誰であろうが許さねえ。それがアッシの美学だ」

そう叫ぶやいなや、瞬時にキングコブラの首元に嚙みついた。見ていたタイゴも一瞬なにが起こったのかわからないほどの電光石火の動きだった。

しかしキングコブラも負けていなかった。筋肉質の胴体をくねらせて、ラーテルをぐるぐる巻きにしたのだ。そして、渾身《こんしん》の力でラーテルを締め上げた。

「うぐっ」

ラーテルの喉から妙な音が漏れた。さすがの暴れん坊もこの攻撃には耐えられなかったようだ。嚙みついていたコブラの首元を離してしまった。

キングコブラの目が鈍く光った。

「オレを怒らせたおまえが悪い。死んでもらうぜ!」

コブラが大きく口を開け、ラーテルの頭に牙《きば》を立てた。キングコブラの毒はゾウをも倒すといわれている。小柄なラーテルではひとたまりもない。タイゴは正視できずに、両《りょう》前足《て》で目を覆《おお》った。

もう決着はついただろうか。しばらくして前足を外すと、信じられない光景が繰り広げられていた。ラーテルがキングコブラの頭に噛みつき、ぎりぎりと歯を食いしばっているではないか。コブラは力尽きたのか、ラーテルに巻きついていた胴体も力が抜け、ぐったり横たわっている。

なんとラーテルの逆転勝利だった。

「強いな、あんた。コブラに咬《か》まれたはずなのに、どうやって逃れたんだい？」

タイゴが賞賛の声をかけた。

と、突然ラーテルが牙を剝いた。

「ダンナ、誰だい？　アッシになんか文句があるのかい？」

タイゴが「誤解だ」と答える前に、ラーテルが飛びかかってきた。鼻先をラーテルの前足の爪《つめ》がかすりそうになる。ラーテルの四肢の鉤《かぎ》爪は長くて鋭い。あんな凶器をまともに食らうと、肉をごっそり持っていかれてしまう。

間一髪で鉤爪のアタックをかわしたタイゴは、ラーテルの首根っこに噛みついた。戦うつもりはなかったが、興奮した相手を鎮めるためには少々手荒いまねに出るしかなさそうだった。

なんだこりゃ。

タイゴは驚いた。首の部分の皮が硬くて、犬歯が通らないのだ。いったん離して背中に噛みつく。ここも同じだった。まったく歯が立たない。

ラーテルはするりとタイゴの犬歯から逃れると、尻をタイゴのほうへ向けた。

ヤバい！

タイゴは危険を察知した。イタチ科のラーテルは肛門《こうもん》付近に臭腺《しゅうせん》を持ち、とんでもなく臭いおならで、相手の戦闘能力をダウンさせる。おならをまともに浴びたら、最低でも一週間は食欲がなくなるという。

ラーテルが放屁《ほうひ》する直前、タイゴはジャンプして敵の前に降りた。そして、鼻先をがぶりと噛んだ。

「イテテテテ、まいった。降参だ。放してくれ」

ラーテルが悲鳴を上げた。タイゴのとっさの読みは正しかった。ラーテルの白い毛の部分の皮膚は硬くて歯が立たなかったが、黒い部分はそうでもないのだ。ましてや毛の生えていない顔面は、ラーテルの弱点だった。

「おっと、悪かったな。乱暴をするつもりはなかったんだ。おまえさんが見境なく襲ってくるから、オレの闘争本能に火がついちまったようだ」

「お見それしました。ダンナ、ライガーさんですね。とてもアッシのかなう相手じゃありませんでした。お許しください」

肩を落とすラーテルに、タイゴが寛容な態度で接した。

「とんでもない。おまえさん、キングコブラに喧嘩吹っかけて、勝利を収めたじゃねえか。ありゃあ、見事だったぜ」

ラーテルが頭をかく。

「アッシら、アフラシア共和国ができて、いまでこそ昆虫食になりましたが、ご先祖様の時代はヘビが好物だったんですよ。ですから、少々のことではヘビなんぞにゃ負けません。頭や背中の皮膚はコブラの牙でもそう簡単には突き通せませんし、仮に咬まれたとしても毒に耐性があるもんで」

「コブラの神経毒に耐性が？　そりゃ、すげえな」

タイゴが目を丸くした。

「生まれつきの体質なんで、別に凄くはないっすよ。で、ダンナ、アッシになにかご用でも？」

「ああ。実はオレ、探偵のタイゴというんだが、ある事件の調査をしていてな。それで訊きたいことがある。もしかしてって話なんだが、ラーテルの知り合いが誘拐されたなんて噂は聞かないか？」

「誘拐……」ラーテルが頭をひねった。「いや、聞かないですね」

「そりゃそうだろうな。世界一命知らずの動物と呼ばれているおまえさんたちにちょっかいを出す物好きなんていないよな」

「その呼称、やめてくださいよ。なんか、鉄砲玉《てっぽうだま》みたいで頭悪そうで……」

ラーテルがしおらしく頰《ほお》を赤らめていると、一羽《ひとり》の小鳥がラーテルの頭上に飛来し、歌うように話しかけてきた。

「ラーテルさん、ラーテルさん、来て、来て！　ハチの巣を見つけたよ」

ラーテルに気軽に話しかけるとは勇敢な小鳥だ。タイゴが感心する中、なんとラーテルがにんまりしながら、小鳥に応じた。

「本当か。そりゃうれしいな。案内してくれるか」

「もちろん」

小鳥はラーテルの頭上を旋回するように飛びながら、少しずつラーテルを誘導していく。タイゴがけげんそうに訊いた。

「その鳥は何者だ？」

ラーテルがにやにやしながら振り返る。

「ミツオシエって鳥ですよ。ハチの巣を見つけては、アッシらにその場所を教えてくれるんですよ。興味があるなら、ついてきてください」

タイゴは言われるままについていった。

目の前では奇妙な光景が展開されていた。ミツオシエは飛ぼうと思えば一気に飛べるはずなのに、ラーテルの頭上を旋回したり、近くの枝に止まったりして、ラーテルが追いつくのを待って、少しずつ進んでいくのだ。ラーテルは嬉々《きき》とした足取りでその小鳥を追っていた。

やがて前方に大きなアカシアの木が見えてきた。

「あの木ですよ」ミツオシエが大きな声で言った。「先に行っていますので」

ミツオシエがアカシアの木を目指して一直線に飛んでいく。それを見たラーテルは「ひゃっほう」と叫んで、スピードを上げた。タイゴも置いていかれないようについていく。

ラーテルとタイゴが大木の根元にたどり着いたとき、ミツオシエは高さ三メートルほどのところに空いた樹洞《うろ》の近くを飛びまわっていた。樹洞には多数のハチが出入りしていた。

ラーテルがタイゴに説明する。

「あの樹洞の中にハチの巣があるんですよ。アッシらは蜂蜜《はちみつ》も好物なんですが、高い木の上にあるハチの巣を見つけるのは上手じゃありません。ああやって、ミツオシエが教えてくれるんで、助かっています」

そう言うと、ラーテルは器用に木を登りはじめた。鋭い鉤爪は樹皮をしっかりととらえるのに適していた。するすると登り、またたく間に樹洞の高さに到達する。

ラーテルはそのままためらうこともなく、前足で樹洞を破壊しだした。樹洞から飛びだした大量のハチが一斉に襲いかかるが、ラーテルはものともしない。鉤爪でガシガシと樹洞の縁を壊しては、取り出したハチの巣を木の下に放り投げていく、蜜がたっぷり詰まったハチの巣の残骸《ざんがい》が、タイゴの周囲に次々と落ちてきた。

「ダンナもよかったら、舐《な》めてみてください。甘くてうまいですよ」

樹上からラーテルが嬉しそうに声をかける。しかし、甘いものが好きではないタイゴは、顔をしかめて首を横に振った。

「遠慮しとく。あんたが食ったらいい」

するとミツオシエが降りてきて、「じゃ、お先にいただきまーす」と、嘴《くちばし》でハチの巣をついばみはじめた。

そこへラーテルがやってきた。

「ミツオシエはハチの巣の蠟《ろう》が好物なんですが、自力ではハチの巣を壊すことができないんですよ。だから、アッシらに巣の場所を教えてくれるんです。蜂蜜に目のないアッシらが巣を壊せば、ミツオシエも好物にありつけるってわけです」

ラーテルはそう説明すると、巣に詰まった蜂蜜をうまそうにぺろぺろと舐めはじめた。

「なるほど。獣と鳥の共生関係か」とタイゴは理解した。「ハチの巣を見つけることは得意だが自分では壊せないミツオシエは、ラーテルに巣の場所を教えて壊してもらうことで、おこぼれに与《あずか》れる。ラーテルにとっても、労せずに好物の蜂蜜にありつくことができる。これぞウィンウィンの関係だな」

タイゴは感心しきりだったが、ラーテルもミツオシエも食べるのに夢中で、話など聞いていなかった。

「……そ、そうか！」

このとき、タイゴは誘拐犯の正体が誰だかわかった気がした。

9

ナンナンは眠っていた。

眠って夢を見ていた。夢の中でナンナンは犯獣《はんにん》の意図を見破っていた。モンスターは、ナンナンを十分に太らせてから食べようという肚《はら》に違いない。だからタケ林に放置して、たらふく食べさせてくれたのだ。夢の中でナンナンは犯獣の正体にも気づいた。ゾウやキリンは大きいが、草食動物なのでナンナンを食べたりはしない。巨体の肉食獣といえば、恐竜に決まっている。地球上にはヒトが栄華を誇っていた時代よりもさらにずっと前に、恐竜という巨大な爬虫類《はちゅうるい》たちが繁栄していたと聞いたことがある。ティラノサウルスとかいう狂暴な肉食恐竜はずっと昔に絶滅したと考えられていたが、本当はひそかに生き延びていたのだろう。モンスターの正体はティラノサウルスに違いない。

ティラノサウルスはきっとナンナンが丸々と太るまでは襲ってこないだろう。だとしたら、食べられるときに食べて、眠れるときに眠っておこう。

ナンナンは夢の中でそんなことを考えていた。彼の寝顔は安らかで幸せそうだった。

その寝顔を見下ろしながら、犯獣の雄《おとこ》、シムンがつぶやいた。

「邪気のない顔をしていますね」

「まったくだ」犯獣の雌《おんな》、ブファが応じた。「自分がなぜさらわれてきたかも知らずに、いい気なもんだよ」

「こいつはいつ戻すんです？」

「しばらく戻さない。親兄弟も知り合いもいないって話だから、おおかた捜索願も出ていないだろう。このパンダが誘拐されていることは、ほとんど誰にも知られていないはずだよ」

「ですね」

「それはそうと、タピとかいうマレーバクはちゃんと戻してきたんだろうね」

「ええ、戻してきました。ただ、棲みかに戻したあと帰ろうとしたら、警察官がうろついていて……」

「警察官だって？」

「はい。タピには二頭《ふたり》の息子がいたんですよ。シェパードの警察官が息子を連れて戻ってくるところでした。幼獣《ようじ》だったので安心していたんですが、警察に駆けこむとは知恵の回る小僧たちです」

「まったく、あんたがドジを踏むからこんなことになるんだよ。ただ、タピも、その前のフリスも自分がなぜ誘拐されたかわかっていないはず。仮に警察に知られたとしても、アタシたちが犯獣だってことはわかりっこないはずだよ。あんたがヘマでもしでかしてない限りね」

責めるようなブファの口ぶりに、シムンがむくれた。

「してませんよ。連れてくるときも、戻すときも慎重にやりましたから、オレたちが犯獣だなんてバレているはずはありません」

「そう信じたいもんだね」と、そのとき、ブファがかすかな物音を聞きつけた。「ん、誰か来るようだ。念のためにちょっと離れていよう。いいね、自然に見えるようにそっと離れるんだよ。後ろを振り返るんじゃないよ」

「わかりました」

犯獣たちと入れ替わるようにやってきたのは、タイゴだった。

タイゴはタケ林の前でパンダの若雄《わかもの》が眠っているのを見つけて、にやりと笑った。

「やっぱりな。思ったとおりだぜ」

するとそのとき、ナンナンが突然口を開いた。

「もう、これ以上は食べられない……」

寝言だった。

タイゴは呆れながら、幸せそうに眠るパンダに軽くネコパンチを浴びせた。

「おい、起きろ」

ナンナンが目を覚まし、寝ぼけまなこをタイゴに向けた。

「あれ、ここはどこだっけ。あ……思い出した。ボクはさらわれてきたんだ。ライオンさん、あなたはボクをさらった犯獣ですか？」

タイゴはそれには答えず、「おまえさんの名前は？」と問う。

「えっ、ナンナンですけど……」

「おまえさん、何者かに無理やりここまで連れてこられたんだな？」

「そうですよ。あなたがボクを連れてきたんじゃないんですか？」

「違う」タイゴは苦笑しながら、「オレはタイゴ。アニマ探偵事務所に勤める探偵だ」

「探偵さん？」ナンナンが目を瞠《みは》った。「どうして探偵さんがここに？」

「ホルスタインの母親から、誘拐された息子を捜してくれという依頼を受けたんだ。その調査をするうちに、ここにたどりついた。おそらく、おまえさんはホルスタイン、マレーバクに続く三番目の被害者のはずだ」

「そういえば、ボクがここへ連れてこられたとき、先に連れてこられていたらしい誰かが、棲みかに戻されるようでした。犯獣たちがそんな話をしていましたから。目隠しをされていたので、その場面を目撃したわけではないんですが」

「ああ、そうだろう」タイゴはうなずき、ナンナンの顔を正面から見据えた。「教えてくれ。おまえさん、いつここへ連れてこられた。そして、いままでなにをさせられた？」

ナンナンは少し考えて、「連れてこられたのは昨日の昼でした。でも、不思議なんです。犯獣はボクを自由にさせて、なにも要求しないんです。おかげでタケをお腹いっぱいになるまで食べることができ、そのあと眠ってしまいました」

「なるほどな」タイゴは納得した顔で、「で、オレのことを犯獣と間違えたくらいだから、犯獣が誰だかはわかっていないんだな？」

「わかりません。でも、背の高い雌《おんな》と力持ちの雄《おとこ》の二頭組《ふたり》ということはわかっています。目隠しはされていましたが、声は聞こえたので、間違いありません。雄に命令していた雌のほうが、リーダーなんじゃないかと思います」

ナンナンは実際に耳にした内容とそのときの状況をタイゴに語った。

タイゴはうなずきながら、「首謀者の雌のほうの見当はついている。まだはっきりしないのは雄のほうだ。おまえさん、どうやって連れてこられたんだ？」

突然、目隠しをされたこと。そのあと股の間に棒状のものが入ってきて、そのまま撥《は》ね上げられたこと。荷車のようなものに乗せられ、気がつくと両前足《りょうて》を縛られていたこと。ナンナンは一連の出来事をタイゴに伝えた。

タイゴはナンナンを撥ね飛ばした棒状のものを気にした。

「そのときの股の感触を覚えているか？」

「ええっと、棒のようなものは円錐形で、少し反《そ》り上がっていたと思います。そして、跳ね飛ばされる寸前ですが、なにか尖ったものが腰のあたりに当たって、痛かったのを思い出しました」

ナンナンの証言を聞いて、タイゴの瞳《ひとみ》がキラリと輝いた。

「そういうことだったのか。おかげで謎はすっかり解けたぜ」

10

タイゴとナンナンはタケ林の前にいたが、背後は広大な草原になっていた。ここはハーボビア湿地のはずれに位置していたのである。

草原ではさまざまな動物たちが思い思いに過ごしていた。

「そんじゃ、犯獣《はんにん》のところへ行ってみるか」

タイゴのことばに、ナンナンは顔を曇らせた。

「だ、大丈夫なんですか？」

「心配無用だ。誰がなんのために、おまえさんを誘拐したのか。おまえさんだって、知りたいだろう？」

「ええ、それはもちろんですけど……」

「なにをごちゃごちゃ言ってんだ。おまえさん、雄《おとこ》だろうが。だったら雄らしく、覚悟を決めろ！」

タイゴに活を入れられ、ナンナンはハッと目が覚める思いだった。こんなふうに叱ってくれるのは、歳の離れた兄くらいしかいなかった。ナンナンはタイゴに亡き兄の面影《おもかげ》を重ね合わせた。

「わかりました！」ナンナンが決然と言った。「よおし、シロクロはっきりつけてやる！」

「じゃあ、行くぞ」

タイゴがどんどん歩いていく。ナンナンは置いてきぼりにされないように、懸命にあとを追った。しばらく歩いたところで、タイゴは足を止めた。目の前の草原には、数多くの大型草食獣の姿があった。アフリカゾウ、アジアゾウ、アフリカスイギュウ、ガウル、ヌー、エランド、キリン、シロサイ、インドサイ、カバ、グレビーシマウマなどが、あるものは群れで、あるものは家族で、あるものは単独で、食事をしている。背中や頭上にウシツツキを乗せている動物も多かった。

タイゴが草原を見渡しながら言った。

「たくさんの大型草食獣が見えるだろう。この中におまえさんを誘拐した犯獣がいる。誰だかわかるか？」

「やっぱりティラノサウルスじゃなかったんですね」

「はっ？　おまえさん、大丈夫か？」

「いや、冗談です」ナンナンは笑ってごまかし、「本当はボクも大型獣だとは思ってましたけど……誰だろう。ヒントをください」

「おまえさんが撥ね飛ばされたときの状況を思い出してみるがいい。股の間に円錐形の棒状のものが入ってきたんだったな。オレは最初、犯獣はテコのような装置を使ったのではないかと考えた。轅《ながえ》ってわかるか？」

「すみません。わかりません」

「荷車の前に二本突き出した長い柄だ。馬車や牛車《ぎっしゃ》だと、その先端に軛《くびき》を渡して、荷車を引くわけだ」

「わかりました。平行に突き出した二本の棒のことですね」

「そのとおり。あれなんか、構造的にテコとして使えるだろう。轅の先っぽが作用点、車輪が支点、荷台が力点だ。轅をそっと股の間に差しこみ、荷台をどんと踏む。そうすると轅が持ち上がり、おまえさんが撥ね飛ばされる。そういう寸法だ」

「なるほど。でも……」

「そう。轅は一般的に角材でできている。おまえさんが感じた反り上がった円錐形という条件とは異なる。円錐状で反ったものと言えば……」

ここまで言われればナンナンにもわかった。

「角や牙ですね。ゾウさんや、ウシさん、カモシカさん、サイさんなどが持っています。犯獣がここにいるのなら、アフリカゾウ、アジアゾウ、アフリカスイギュウ、ガウル、ヌー、エランド、シロサイ、インドサイのうち、誰かってことになります」

「だな。犯獣はおまえさんよりも重いホルスタインのフリスやマレーバクのタピを運んでいる。そうとうにガタイがよく、丈夫な角や牙を持っていない限り、重量に耐えられないと思われる」

「それならば、ゾウさんかサイさんくらいしか当てはまらないんじゃないですか」

「同感だ。ただ、アフリカゾウにしろ、アジアゾウにしろ、相手を持ち上げるのにわざわざ牙を使うだろうか。自由自在に動かせる長い鼻があるんだ。それを相手に巻きつけて荷車に運ぶほうがよほど簡単だと思う。事実、オレも所長のアフリカゾウにしょっちゅう鼻で首を絞められているからな。他にも理由がある。ホルスタインの息子が誘拐された現場に建っていた小屋の木戸に、なにか硬いもので引っ掻いたと思われる痕跡が残っていた。地上から二十センチほどの高さだった。母親のホルスタインですら、その位置に角を持ってくるのは難しいと言っていたから、ゾウの牙でその位置に痕を残すのは厳しいだろう」

「でも、サイさんだったら、できますよ！　頭を低く下ろせば、角の位置も低くなります」

ナンナンが四《よ》つん這《ば》いになり、頭を突き上げるような動作をした。サイのまねをして、確かめているのだった。

「ずいぶん頭の大きなサイだな」タイゴは嘲《あざけ》るように笑い、「ここにはシロサイとインドサイがいる。現存する五種類のサイのうち、最大の種がインドサイとシロサイだ。地上ではゾウに次いで体重が重い動物だな。どちらにも犯獣の可能性はあるが、さて、どっちだと思う」

「わかりました！」ナンナンが後足で立ち上がり、挙手をした。「ボクをさらったのはシロサイさんですね」

「どうして？」

「持ち上げられるとき、腰になにか尖ったものが当たりました。インドサイさんは角が一本しかないので、その角で撥ね飛ばされたのであれば、腰に違和感は覚えなかったと思います。シロサイさんは角が二本あります。撥ね飛ばすのに使ったのは当然、長く伸びた前の角でしょう。そのときに短い後方の角が腰に当たったんでしょう」

タイゴがうなずいた。

「ご明察。誘拐の実行犯の雄はたぶんシロサイで間違いない。サイの角は爪や毛と同じくケラチン質でできていて、一生伸び続ける。ヒトがいた時代には、角が薬になるとかで密猟が絶えなかったというが、いまではあんなに長い角を持った成獣《おとな》の雄も多い。それにしても、あいつの角は長いな」

タイゴが言うように、そのシロサイは前方の角が二メートル近くあった。体も大きく、体重は五トン近くありそうだった。あのサイであれば、角を使ってナンナンを軽く放り投げることができるに違いない。

ナンナンはふと疑問を覚えた。

「あのサイ、雄が一頭《ひとり》でいますよね。リーダーの雌のほうはどうしたんでしょう?」

「おまえさん、もしかして、シロサイの雌が誘拐事件の首謀者だと思っているのか?」

「違うんですか?」と返したナンナンは、そのとき、あることを思い出した。「そういえば、雌は雄よりも高い所から声が聞こえました」

「シロサイは雌よりも雄のほうが大きい。あのサイズの雄よりも大きな雌がいるとは考えにくいな。リーダーの雌は間違いなく別の動物だと思うぜ」

「あのシロサイさんよりも背が高いとなると、ゾウさんかキリンさんくらいしかいませんね。えっ、どっちだろう?」

「直接、シロサイに訊いてみるか? 行ってみよう」

タイゴはまったく恐れるようすもなく、シロサイの雄のほうへ近づいていく。ナンナンもその陰に隠れるようにして、速足でついていった。

タイゴとナンナンが近づいたことで、シロサイの雄は明らかに苛立《いらだ》っていた。頭を下げ、角をこちらに向けて、威嚇《いかく》のポーズをとった。

「なんだよ。おまえたち、オレになにか用か？」

「用がなけりゃ、わざわざ来るもんか」とタイゴ。「ズバリ言おう。このジャイアントパンダを誘拐してきたのは、きさまだろう！」

「な、なんだと。おまえ、いったい誰なんだよ？」

「オレはタイゴ。探偵だ。ホルスタインの母親から、息子がいなくなったんで捜してくれという依頼を受けてな。いろいろ調べた結果、きさまが実行犯だってことがはっきりした」

「ホルスタインの子ならもう帰したぞ」シロサイはそう答えた次の瞬間、失言に気づいた。「あ、しまった……」

慌てて口をつぐむが、あとの祭りである。

「簡単にゲロったな。きさまのやったことはわかっている。ホルスタインの息子のあとに、マレーバクの母親を誘拐。そして、そのあとこのパンダを誘拐してきたんだな。そのご自慢の長い角と、バカ力にものを言わせて」

「し、知らん」

シロサイはいまさらながらしらを切ったが、態度はおどおどしていた。見かけによらず気が弱そうだと察したナンナンが、まっこうから質問した。

「あなた、名前はなんですか?」

「えっ、シムンって名だが……」

「じゃあ、シムンさん、どうしてボクを誘拐したんですか? あなたは誰か他の獣《ひと》に命令されたんでしょう? その獣はいったい誰なんですか?」

口を開くとぼろが出ると思ったのか、シムンは黙りこんだ。そして、タイゴとナンナンを無視して立ち去ろうとした。

タイゴが前に回りこみ、行く手を遮《さえぎ》った。シムンは再び頭を下げて威嚇のポーズをとった。

「きさまの言うように、ホルスタインの息子は無事に帰されて、依頼獣《いらいにん》の母親は満足している。マレーバクの母親も特に訴えるつもりはないそうだ。あとはこのパンダ次第だが、ここで傷害事件を起こしてしまえば、きさまは間違いなく刑務所行きだ。それでもいいのか!」

タイゴに説得され、シムンがゆっくり頭を上げる。口は閉じたまま、苦渋の表情を浮かべている。

「きさまがしゃべらないつもりなら、オレが推理しようか。どうして、ホルスタイン、マレーバク、ジャイアントパンダと、白黒ツートーンの動物ばかり誘拐してきたのか」

「………」

「それは、シムシ、おまえが間違えたからだ」

「間違えた？　どういう意味です？」

きょとんとするナンナンに、タイゴが説明した。

「誘拐事件の首謀者は、こいつにジャイアントパンダをさらってこいと伝えたんだ。つまり、ナンナン、おまえのことだ。ところが、こいつはジャイアントパンダを知らなかった。このデカン高原にはほとんどいないから、まあ、しかたないかもしれないが。それで、首謀者はこいつにジャイアントパンダの一番の特徴を伝えたわけだ」

「それが白黒ツートーンだったんですね！」

「そういうことだ。もちろん体型なども伝えたに違いない。ところが、サイって動物は極端に視力が弱い。自分が会ったことのない白黒ツートーンの動物ってことと、だいたいの大きさで、パンダを見分けようとした。その結果、ホルスタインとマレーバクが間違えられた」

ナンナンが手を打った。

「そっか、間違いだったので、ホルスタインさんとマレーバクさんはすぐに帰されたわけですね。あれっ、でもボクはなぜ誘拐されたんです。いまだになにも要求されていませんけど……」

　さかんに首を傾《かし》げるナンナンに、タイゴが鼻を鳴らす。

「おまえさんはすでに首謀者の思惑どおり働いているんだよ」

「へっ？」

　タイゴがシムンの背中に向かって語りかけた。

「そうだろう？　いいかげん白状しなよ、首謀者さんよ」

　ナンナンは目を疑った。シロサイの背中に乗っていたのはウシツツキという小鳥だけだったからだ。

「もしかして、この鳥さんが……？」

「ああ。ウシツツキといって、大型草食獣につくダニなどの外部寄生虫を食べる鳥だ。一緒に生活することで、草食獣にとっては寄生虫を駆除してもらって助かるし、鳥にとっては食いもんが簡単に手に入って助かる」

「共生関係っていうんでしたっけ？」

「そうだ。ラーテルとミツオシエと同じだな。だが、ウシツツキは、ミツオシエよりもっとしたたかだそうだな？」

　タイゴはシロサイの背中の小鳥に向かって質問したが、答えは返ってこなかった。

「なんでも、ウシツツキはダニやシラミばかり食べているわけではなくて、ときには大型草食獣の血もすすっているらしいじゃねえか」

「えっ、そうなんですか？」

「らしいぜ。嘴で草食獣の皮膚に穴を開け、血をすするんだってな。つまり、単なる共生関係とは言いがたい。ウシツツキのほうが草食獣を利用しているわけだ」

「そうなんですよ。だから、オレもブファさんにはこきつかわれて……」

しばらく黙っていたシムンがぼやくと、ついにウシツツキが口を開いた。

「お黙り！　あんたのミスのおかげで、こっちはむしゃくしゃしてんだからね」ブファと呼ばれたウシツツキはシムンにダメ出しをすると、タイゴのほうを向いた。「探偵だって？　言っとくけどね、アタシはそんな乱暴者じゃないからね。草食獣がけがをすると、ハエなんかが寄ってくるだろう。そいつを取ってあげているだけさ。そりゃ、たまに喉が渇いたときにゃあ、血や鼻水を舐めさせてもらうこともあるけどね」

「やっぱ、舐めるんじゃないですか。てか、鼻水まで？　えっ――」ナンナンはブファに突っこみ、「それにしても、ブファさん、あなたが首謀者だったんですか。高い所から声が聞こえてきたと思ったら、鳥だったんだ。完全に騙されました。そういえば、ちっとも足音がしませんでした」

悔《くや》しがるよりむしろ感心しているようすのナンナンは放ったまま、ブファがタイゴに質問した。

「アタシがどうしてこのパンダを誘拐させたのか、わかっているっていうのかい？」

タイゴは不敵な笑みを浮かべ、「おおかた巣作りの環境が悪くなったんじゃないのか。だからパンダの力で、元の環境を取り戻そうとした」

「いやいやいや、ですからボクはまだそんなことしてませんって」

ナンナンは否定したが、タイゴのひと言は想定外のものだった。

「タケを食べたって言ったじゃねえか」

「そりゃ、食べましたけど……えっ、そのためにボクは誘拐されたんですか？」

ブファはシムンの背中から飛び立ち、ナンナンの頭の上に止まった。

「どうやら本当に見透かされているようだね。そのとおり、あんたを誘拐したのは、タケを食べてもらうため。あんたを連れてったあの場所には、アタシが毎年巣を作っている大切な木があるのさ。ところが今年になってタケがニョキニョキ生えてきて、邪魔でしかたないんだよ。どうしようと思案した末、タケを食べる動物がいることを思い出したわけさ」

ようやくナンナンも合点《がてん》がいった。

「それがボクだったんですね。そうか、それでボクに両親や兄弟、親戚がいないと聞いてがっかりしたんですね。たくさんのパンダがいれば、タケ林はいっきに片づくと考えたんでしょう」

「そういうことだよ」ブファは認めて、タイゴに賞賛の視線を浴びせた。

「それにしても探偵さん、よくアタシの意図に気づいたね。さらわれた本獣《ほんにん》すら、その理由がわからなかったというのに」

「赤い虫のお告げだ」タイゴが含み笑いをした。「ハーボビア湿地では今年、タケにつくベニカミキリって虫がやたらと増えているようだ。それはたぶん、タケ林が新しくできたからではないか。そう考えてみたんだ。タケといえば、パンダを連想するのは不思議じゃないだろう。あんなまずそうな植物を喜んで食うのは、パンダくらいだからな。そして、パンダといえば白黒ツートーン動物の代表だ。そこまで連想を膨《ふく》らませたとき、今回の誘拐事件の構図が見えてきたわけだ。ウシツツキが黒幕ってことに気づいたのは、たまたまミツオシエって鳥に出会ったからだけどな」

タイゴの説明を聞き、ブファはしおらしく言った。

「ここまで完全にバレてしまったんじゃ、しかたない。誘拐事件を仕組んだのは、たしかにアタシだ。シムンに実行犯を任せたのがよくなかったね。営巣木が気になって、なるべくあの場所から離れたくなかったから、このでくの坊に任せたら、見当違いの動物ばかり連れてきて……まあ、それもアタシの眼鏡《めがね》違いだ。さあ、警察に突き出すなりなんなりしておくれ」

「と言われてもなあ」タイゴがたてがみをかいた。「依頼獣は納得しているから、オレは別にあんたを恨む筋合いはない。おい、ナンナン、おまえがどうするか決めろ！」

突然振られ、ナンナンは顎に前足《て》を添えて考えた。

「たしかにウシツツキのブファさんは誘拐を企てました。でも、ボクにとっては好物をたくさん食べさせてもらえたわけで、誘拐事件というより、愉快な事件でした。よって、今回の一件、ブファさんはシロ！」

11

「どうしておまえはオレのあとをついてくるんだ？」

タイゴが前足の先を振って、ナンナンを追い払おうとした。アニマ探偵事務所に帰ろうとするタイゴに、ナンナンがまとわりついているのだった。

「そんな殺生《せっしょう》なこと言わないでくださいよ、アニキ。お願いです、ボクを探偵にしてください」

タイゴに兄の面影を見たナンナンは保育士になる夢をすっぱり捨て、探偵になることを決意したのだ。母親はナンナンが保育士に向いていると言ったが、遺志の主眼は警察官にはなってくれるなということだった。探偵は警察官ではないから、遺志に背くわけではない、と無理やり自分に言い訳をした。

タイゴが溜息《ためいき》をついて振り返った。

「いいか、オレはおまえのアニキなんかじゃねえ。だいたいな、探偵ってのは大変な仕事なんだぞ。おまえのようなどんくさいヤツに務まる仕事じゃない」

ナンナンは両前足を合わせ、潤《うる》んだ目でタイゴを見つめた。

「タイゴのアニキ、お願いです。お茶汲《く》みでも、便所掃除でもなんでもやりますから、ボクを探偵事務所で雇ってください」

「ダメだ、ダメだ。アニマ探偵事務所の所長はオレじゃない。ロックスという無愛想《ぶあいそう》なアフリカゾウが所長だ。いつも赤字ぎりぎりでピーピー言ってるから、頼むだけ無駄だ」

ナンナンがタイゴに抱きついた。

「そんなこと言わないで、お願いします」

「やめろ。オレは他獣《たにん》から体を触られるのが嫌いなんだ」タイゴがナンナンを邪険に振りほどく。「ダメと言ったらダメ。諦めな、小僧。じゃあな」

そう言い残し、タイゴは全速力で逃げていく。その後ろ姿を見送りながら、ナンナンが独りごちた。

「あーあ、行っちゃった。でも、いいもん。アニキがどこへ向かったのかはわかるから、ゆっくり追いかけていこうっと」

ナンナンはタイゴに抱きついたとき、非常食用にと集めたタケの粉の入った袋をタイゴの腰のベルトにこっそりくくりつけたのだった。しかもその袋には小さな穴を開けておいた。

ナンナンは大地に薄く引かれた白い粉のラインをたどって、ゆっくりと歩きはじめた。

第二話　キマイラ盗難事件

第二話　登場獣物《じんぶつ》紹介

ナンナン　――ジャイアントパンダの若雄《わかもの》。最年少の新入り探偵
タイゴ――ライオンを父に、トラを母にもつライガーの探偵

〈事件の重要関係獣《しゃ》たち〉

アーニー――アジアスイギュウ。今回の依頼獣《いらいにん》
アネー――アーニーの弟。食糧保管場の週末警備担当
タマス――食糧保管場の夜間警備担当のカバ
エクース――ギャロップヒルで群れているウマ。干し草運搬係
ミュール――ドンキーテラスに住んでいるロバたちのリーダー
ルサ――立派な角をもつ、干し草運搬係の雄《おとこ》のサンバー
ミンミン――レッサーパンダの美獣《びじん》警部
フォクシー――右耳の欠けたキツネの刑事
ルパス――顔に傷跡のあるオオカミの刑事。タイゴと因縁がある

1

そのときアニマ探偵事務所には、最年少の新入り探偵、ジャイアントパンダのナンナンが事件を解決して戻ってきたところだった。依頼獣《いらいにん》の母ヒツジから「わが子がいなくなった」と泣きつかれ、ナンナンは捜索を開始した。一週間後、とある繁華街で不良ハイエナにしつこくからまれている幼雌《しょうじょ》ヒツジを見つけ、無事に救い出すことに成功したのだった。ハイエナは幼雌ヒツジをたぶらかし不純異獣交遊の関係を築こうとしたのである。

「ナンナン、よく連れ戻してきたな。お手柄だ」

アニマ探偵事務所の所長であるアフリカゾウのロックスが長い鼻の先でナンナンの頭を撫でた。ロックスがどっかと腰をおろした椅子《いす》はかなり頑丈にできていたが、ゾウの重みで軋《きし》んでおり、いまにも潰れそうだった。

「迷える子羊は誘惑に弱いのではないかと思って、盛り場を中心に捜索してみたら、ビンゴでした！」

ナンナンはまだ若雄《わかもの》だった。しかもジャイアントパンダにしては小さいほうだったので、ミドルパンダと呼んだほうがしっくりくる感じだった。目の周りの黒い斑《ぶち》が垂れ目のようで愛らしい、小柄で幾分ぽっちゃりしたパンダが無邪気に胸を張る。

「失踪者はおおかたの場合、獣《ひと》ごみに紛《まぎ》れたがる。繁華街で捜すのは基本中の基本だろうよ。それくらいのことで喜んでる場合じゃねえよ」

先輩探偵のタイゴがかぶりを振りながら、すげなく言った。首を横に振るたびに、美しく伸びたたてがみがゆさゆさ揺れる。

「まあ、そう厳しく当たるな、タイゴ」ロックス所長が取りなした。「おまえさんのようなベテランにはあたりまえのことでも、ナンナンのような新入り探偵にとってはひとつひとつが勉強なんだから」

「タイゴのアニキ、かっこいいですね。ボクにもっと探偵術を教えてください」ナンナンは嘲られてもめげるようすもなく、深々と頭を下げている。「よろしくお願いします」

「ふん。おまえにアニキと呼ばれる筋合いはないって言ってるだろう」

忌《い》ま忌《い》ましげに鼻を鳴らすタイゴに、ロックス所長が持ちかけた。

「そういえば、ひとつちょっと面白い依頼があってな。タイゴ、おまえさんにやってもらいたいんだが……」

「どんな依頼です？」

関心なさそうにタイゴが訊いた。

「盗難事件だ。郊外の第二十八食糧保管場から干し草が盗まれたそうだ」

「盗難事件ですって？　それは警察の仕事でしょう。オレらのような探偵が関わる案件じゃない」

「保管場を警備していたアジアスイギュウもそう思って、警察に駆けこんだそうだ。ところが、なんでも数日前に枢機院《すうきいん》のお偉方の誰かに脅迫状が届いたらしく、警察は目下そちらにかかりっきり。それでわがアニマ探偵事務所にお鉢が回ってきたわけだ」

「警察は枢機院のいいなりですからね。干し草が盗まれても困るのは一般市民の草食獣だけ。ヤツらが少々困ったところで、警察は知らんぷりって寸法か」

国家権力の手先にすぎないアフラシア警察をタイゴが批判する。

「警察が放り出した事件を解決できれば、うちの株も上がる。ということで、おまえさん、やってくれるな？」

「まっ、いいっすよ」

クールに承諾したタイゴに目配せをし、ロックスが注文をつけた。

「ただひとつ条件がある」

「条件？　なんです？」

「ナンナンも一緒に連れていってやれ。もっと現場経験を増やして、修業を積ませないといかんからな」

ロックスのことばに、ナンナンが歓声をあげた。

「やったー。ついに憧《あこが》れのアニキから探偵術を学べるんですね」

ナンナンは飛び跳ねようとしたが、足が短く体重が重いために、ぶざまに転がってしまった。床をころころ転がるパンダを見おろしながら、タイゴが顔をしかめた。

「冗談はよしてくださいよ。こんなどんくさいヤツが一緒じゃ、足手まといです。オレはいつものように自分だけで解決してみせます」

タイゴは一頭《ひとり》で事務所を出ていこうとした。ところがタイゴの首に、ロックス所長の長い鼻が巻きついた。

「バカモン！」ロックスが突然大声でどやしつけた。「今回、おまえはナンナンと一緒に事件を解決するんだ。これは命令だ。いいな、タイゴ！」

ロックスが後ろ足で床をドンと踏みしめた。その衝撃でついに椅子が潰れてしまった。

激怒するアフリカゾウに立ち向かえる動物など、そうそういない。ましてやロックスはアフリカゾウの中でもひときわ大きな体で知られている。タイゴはしぶしぶうなずくしかなかった。

2

盗難事件のあった第二十八食糧保管場へ向かう道すがら、ナンナンがタイゴに話しかける。

「嬉しいな。ボク、本当にアニキのことを尊敬しているんです。いろいろ教えてください。お願いします」

最初のうちは無視を決めこんでいたタイゴだったが、ナンナンがいつまでも懲《こ》りずにまとわりついてくるので、ついに根負けした。

「わかった。わかったから、オレのことをアニキと呼ぶのはやめろ。それから、オレの邪魔だけはしないでくれ。いいな？　オレは一匹狼《いっぴきおおかみ》が性《しょう》に合っていて、他獣《たにん》に邪魔されるのがなにより嫌い……」

「ププッ」

空気が漏れるような音にタイゴがうしろを振り返ると、ナンナンが短い二本の前足で口を押さえていた。噴《ふ》き出しそうになるのを必死に耐えているようだ。

「なにがおかしい？　オレの顔を見て笑うんじゃねえ！」

タイゴは急いで走るときは四足歩行、ゆっくり歩くときには二足歩行と使い分けていた。このときは二足歩行をしていた。空いた前足で拳《こぶし》を作り、頭上に掲げた。

「あ、ごめんなさい、ごめんなさい」ナンナンが両前足《りょうて》で頭をガードする。「悪気があったわけじゃないんです。だって、オオカミでもないくせに、『オレは一匹狼が性に合っていて』なんて言うから……」

「………」

タイゴは舌打ちをして正面に向き直った。前足を地面につけ、四足走行に切り替える。ナンナンも四足走行になったが、スピードが違った。タイゴとナンナンの間がみるみる広がっていく。

「待ってくださいよ――っ」

ナンナンの声がはるか後方から聞こえてきた。タイゴが立ち止まり後ろを振り返ると、ナンナンが息を切らして懸命に追いかけてくる。

「ハア、ハア、ハア……、アニ……タイゴさん、速すぎじゃないでしょうか。そこまで急がなくても……」

「別に急いじゃいねえ。軽く流しているだけだ。おまえさんが遅すぎるんだよ」

「そう言われても……」

ナンナンがタイゴの体と自分の体を見比べて、しょげかえる。

「四肢《てあし》が短いのはしかたないにしても、少しは痩《や》せろ。オレと一緒に行動したけりゃ、機敏な行動を心がけるんだ。いいな！」

ナンナンは頭の横に前足の先をつけ、「了解しました。ところで……」

「なんだ？」

「タイゴさんの足かっこいいですね。追いかけながら後ろから見て、ほれぼれしました。でも、どうしてライオンなのに足に縞模様があるんですか？」

「おまえとあってもう三月になるけど、もしかして、これまでずっとオレのことをライオンだと思っていたのか？」

「えっ？　だってそのたてがみが……」

ナンナンがきょとんとした顔になった。

「オレはライオンではない。ライガーなんだよ！」

嚙みつかんばかりの勢いで、タイゴが怒鳴《どな》る。あまりの剣幕に、ナンナンは縮みあがった。

「すみません。ライガーという動物を聞いたことがなかったもので。お気に障《さわ》ったのならば、謝ります。このとおりです」

ぺこぺこと頭を下げるパンダの姿は、誰の目にも愛らしく映る。ささくれだったタイゴの心もすっと癒《い》やされる。語気を荒らげた自分が恥ずかしくなってきた。

「オレの父親はたしかにライオンだが、母親はトラだ」

「えっ、両親が違う動物なんですか！　そんなのありなんですか。百獣の王ライオンと森林の覇者トラが両親だなんて、めちゃかっこいいじゃないですか！　そっか、それでたてがみと縞模様なんですね。さすが、タイゴさんはボクが見込んだだけの獣《ひと》だ」

ナンナンはやたらと感心していた。

オレの苦労を知りもしないで、まったくのんきなお調子者だぜ。タイゴはそんな皮肉のひとつでもぶつけたい気持ちだったが、ぐっと我慢して、前方へ視線を向けた。巨大な建物がいくつも見えてきた。幅十メートル、奥行き五十メートル、高さ五メートルほどの大きさの建物が、数えてみると四棟ある。

「おい、食糧保管場が見えてきたぜ」

「わっ、本当ですね。思っていた以上にでっかいなあ。あそこに立っているスイギュウさんが依頼獣《らいにん》でしょうか？」

四棟が並んだ中央付近の正面に一頭のアジアスイギュウの姿が認められた。四つの足で地面に立ち、こちらに視線を向けている。

「訊いてみるか」

タイゴが小走りでアジアスイギュウに近づいていく。ナンナンも慌ててあとを追った。

「おい、そこのスイギュウ、あんたがアニマ探偵事務所に依頼を持ちこんだのか？」

「ああ、そうじゃ。そうすると、あんたたちが探偵か。見慣れない顔だったので、誰かと思っていたところじゃ。わざわざよく来てくれた。歓迎するよ。ワシのことはアーニーと呼んでくれ」

「オレはタイゴ」タイゴは新入り探偵に目配せをしたが、全力疾走がしんどかったのか、息があがっていた。呆れながらも、相方を紹介する。「そしてこの丸っこいツートーンカラーがナンナンだ。盗難事件があったらしいな。詳しく聞かせてくれ」

「もちろんそのつもりじゃ。この保管庫には非常用の干し草が貯蔵されていることは知っておるかな？」

ヒトという傲岸不遜《ごうがんふそん》な動物が強力な感染症で死滅してから、およそ二百年が経っていた。かつてヒトがユーラシア大陸とアフリカ大陸と呼んでいた広大な土地は、現在アフラシア共和国として、肉食獣と草食獣が平和に共存する世界になっている。共和国の首都はヒトがかつてインドと呼んでいた国のハイデラバードに置かれていた。広大なアフラシア共和国のほぼ中心に位置し、多くの獣たちにとってすごしやすい気候だったからだ。

共和国を統治するのは、ボノ大統領という老チンパンジー以下、一部の選ばれし獣からなる枢機院の政治家たちだった。枢機院に属する動物たちに権力が集中しているため、そこから漏れている動物たちが不満を爆発させて、たびたび反乱を起こしていた。ところが警察組織を牛耳《ぎゅうじ》っているのも枢機院であるため、暴動はいつしか鎮圧され、枢機院は常に安泰であった。一見平和に見えるアフラシア共和国の内部には枢機院に属するか否かでふたつの階級に分かれ、国家はあやういバランスの上に成り立っているというべきであろう。

階級社会の弊害はあちこちでうかがえたものの、表面上アフラシア共和国は平穏を保っていた。その最大の理由として、ヒトの滅亡後に起こった食糧革命により、肉食獣が草食獣を襲わなくなったことが挙げられる。それというのも当時の大統領だったアジアゾウのガンジルが肉食を忌避し、すべての肉食獣に魚類を除く脊椎動物《せきついどうぶつ》の摂食を禁じたためだった。ガンジル大統領が「肉食禁止令」を出して以来、すべての肉食獣は魚類、もしくは昆虫類や甲殻類などの節足動物、イカ、タコ、貝類などの軟体動物、ミミズやゴカイなどの環形動物等を食べるよう義務づけられた。これに違反した者は死刑あるいは無期懲役刑が科せられるとあって、肉食獣たちも従わざるを得なかったのである。

一方の草食獣は以前と同じように植物を主食としていた。肉食獣が草食獣を襲わなくなったため、草食獣の獣口《じんこう》は爆発的に増えた。現在のところはまだ食糧である植物は不足していなかったものの、天候不順があったり獣口増加がこのまま続いたりすれば、早晩食糧難の時代が来ると予想されていた。それに備えてアフラシア共和国の数ヵ所に巨大な食糧保管場が用意され、大量の食物が備蓄されていたのである。備蓄されているのは多くの草食獣の糧《かて》となる干し草がほとんどだったが、保管庫によってはドライフルーツや肉食獣用の魚介類の干物が貯蔵されていた。

今回盗難事件が発生した第二十八食糧保管場はそんな貯蔵施設のひとつであった。元はヒトが造ったコンベンションセンターだったものを、保管庫に転用したのである。アフラシア共和国の首都ハイデラバードの近郊にある七つの食糧保管場のうちでも最大の施設であり、四棟すべてに干し草が備蓄されていた。

「ああ」タイゴがうなずいた。「オレら肉食獣にとっては無用の長物だが、あんたたち草食獣にとっては大切な施設だってことは、よおーく知ってるぜ」

「ここに入っているのは干し草ばかりなんでしょ？　できたら、ボクの主食のタケも備蓄してほしいなあ」

ナンナンが会話に割りこんでくると、アーニーが立派な角《つの》で重たげな頭をゆっくりと横に振った。

「栄養価の低いタケなんぞを喜んで食っておるのは、おぬしらくらいのもんじゃろう。タケなんてほとんど誰も食べないから、そこらじゅうに生えておる。おぬしらに飢え死にの心配はなかろう」

「そんなのわからないじゃないですか。タケって百年に一度とか突然、枯死《こし》しちゃうんですよ。そうなったら、ボクはどうすればいいんです？」

「おぬしらの故郷、中国で備蓄しておいてはどうじゃ。そういえば、以前、ターキンたちがわざわざ中国から干し草を運んできたことがあるぞ」

「ええっ、ターキンさん。しばらくお会いしてないです。懐《なつ》かしいなあ……」

「そんなご託はどうでもいい」タイゴが焦《じ》れた。「盗難事件について教えてくれ」

「そう、慌てなさんな。いま、話そうと思っていたところじゃ。ここに貯蔵してある干し草はあくまで非常用の食糧で、ふだんは出し入れなんてしない。ひと月に一度、古くなった干し草を新しい干し草と入れ替えるだけじゃな」

「干し草に古い、新しいの区別があるのか？　草食獣ってのは案外グルメなんだな」

茶化《ちゃか》すタイゴに向かって、アーニーがまじめに主張した。

「どうせ、おぬしは草なんてどれも同じだと思っておるのじゃろう。草にだってうまいものとまずいものはもちろんあるし、栄養価の高いものもそうでないものもある。干し草はなるべくうまくて栄養価の高い草を選んで作っておる。とはいえ干し草も貯蔵しているうちに次第に味が落ちてくる。長く貯蔵した干し草は、新しい干し草と入れ替えるようにしておるわけじゃ」

「ふん」

タイゴが関心なさげに鼻を鳴らしたが、アーニーは気にせず、右端の保管庫の正面ドアの前へと移動した。二頭《ふたり》の探偵がそれに続く。

「新しい干し草を運び入れるのは一棟ずつ月一回、第一月曜日と決まっている。このとおり保管庫は四棟あるから、それぞれの保管庫では四ヵ月に一回、新しい干し草が運びこまれることになる。そして、ちょうど昨日が第四保管庫の干し草の入れ替え日だったわけじゃ。新しい干し草が届いたので、この閂《かんぬき》を外して、ドアを開けた。開けたときには異変に気づかなかった。ドアの近くまで干し草が詰まっていたからな。ところが新しい干し草を入れようとして、びっくりしてしまった。保管庫の真ん中付近の干し草がすっぽりなくなっておったんじゃ。何者かがここへ侵入して、干し草を盗んだとしか考えられない」

閂錠は簡単な造りだった。L字形の受け金具の上に、頑丈そうな横木を渡してあるだけである。アーニーは立派な角を器用に使って、横木を外した。そして、頭でドアを引っ張って開ける。

乾いた草に特有の香ばしい香りが漂ってきた。ドアのすぐ近くまで干し草が詰まっている。

「この中の干し草が消えたっていうのか?」

タイゴがけげんな顔になる。

「ああ、ついてきてくれ」

アーニーが角で干し草の山をかき分け、内部へと入っていく。タイゴとナンナンが続いた。干し草をかき分けて進むのには体力が必要だ。アーニーが先頭に立って通り道をこじ開けてくれるからよいものの、自分一頭《ひとり》ではかなり難儀しそうだ、とタイゴは思った。しばらく干し草の中を突き進むと、ぽっかりとした空間に出た。

「おや、おぬしの連れはどうした？」

アーニーに訊かれてはじめて、タイゴはナンナンがいないことに気づいた。振り返ると、ナンナンが干し草に四肢を取られ、悪戦苦闘している。タイゴがにらみつけると、ナンナンはバタバタともがいて、ようやく干し草を振りほどき、こちらへやってきた。すっぽり空いたスペースを見回して、嬉しそうに言った。

「本当ですね。連続でんぐり返りをして遊べるくらい隙間《すきま》ができています」

タイゴは嬉しそうに転がっているナンナンを相手にせず、「この空いた分の干し草がなくなったっていうのか？」

「ああ。ざっと一トンってところかな。盗まれてしまった」

干し草の香りに混じって獣のにおいがした。鼻のよいタイゴには、それが草食獣の放つにおいであることがわかったが、獣の種名まではわからなかった。

「なにか草食獣のにおいがするようだが？」

タイゴのことばで、アーニーとナンナンが鼻をくんくんさせる。

「ワシにはよくわからんな」アーニーがかぶりを振る。「鼻も昔ほどは利かなくなってしまったよ。ここへ運びこむ干し草は、運搬係の担当になった草食獣が作ることになっておる。草を刈って、干して、ここまで運ぶうちにその獣の体臭がついてしまうのじゃろう」

ひととおり空いたスペースを検《あらた》めてみたが、盗獣《ぬすっと》の痕跡は見当たらなかった。諦めて保管庫の外に出たところで、タイゴが問《と》い質《ただ》す。

「前回、つまり四ヵ月前か、そのときには異常はなかったんだな?」

「それは間違いない」

「そうか。ところで、昨日運びこむ予定だった新しい干し草は、まだここへは収められていないんだな?」

アーニーはうなずき、「盗難の痕跡を残しておいたほうがよいかと思って、まだ運びこんでおらん」

「出入り口はここだけなのか?」

タイゴの問いかけに、アーニーは重そうな頭を振って奥のほうを示した。

「実は保管庫の裏側には壁がない。だからいつも開いておる」

「反対側には壁がないのか? だったら、干し草泥棒はそちらから侵入したに違いない。簡単なことじゃねえか」

アーニーがにやりと笑った。

「あとで実際にお見せするが、裏側からは出入りができないんじゃ。干し草泥棒はこちら側のドアの閂を外して、保管庫の中に入ったとしか考えられない」

それを聞いたナンナンは地面に横たえられた閂錠の横木に前足を伸ばし、持ち上げようとした。しかし、横木はとても重く、いくら頑張っても地面からほんの少し浮かせるのが関の山だった。

ナンナンが顔を真っ赤にして奮闘していると、タイゴが前に出てきた。

「どれ、オレにやらせてみろ」

タイゴは四本足で踏ん張ると、横木を口でくわえて引っ張り上げようとした。なんとか持ち上がったものの、重すぎて二本の後ろ足で立つことはできない。当然、ドアに取り付けられた受け金具にはまったく届かない。

見ていたアーニーが愉快そうに笑った。

「おぬしらは案外非力なんじゃな。横木の重さは百キログラムくらいしかないぞ。ワシらにはどうということのない重さだが、力のない連中には閂を外すのすら難しいかもしれんな」

タイゴは歯を食いしばって悔しがり、不服そうに言った。

「自慢じゃないが、オレは肉食獣では相当力が強いほうだ。そのオレが持ち上げられなかったのだから、肉食獣にはお手あげだろう。閂を外して忍びこんだのは、体がでかくてバカ力のある草食獣のしわざと考えるのが妥当だな」

ナンナンが立ち上がって、閂錠の受け金具に前足をかけた。ところが、バランスを崩してお尻からごろんと転がってしまった。

バツが悪そうに頭をかきながら、「閂の高さも問題じゃないですか。ボクが立ち上がってようやく届くくらいですから、百五十センチくらい。この高さにかかった横木を受け金具から外すためには、ある程度大きな動物でなければ無理だと思います」

「ウシ、ウマ、ゾウ、サイ……そんな連中のしわざだろう」タイゴが決めつけた。「片っぱしから聞きこみをしていけば、そのうち盗獣にたどり着けるだろう」

ナンナンは寝そべったまま、地面をつぶさに観察した。

「足跡らしきものは確認できませんね」

タイゴが地面に鼻を押しつけて、においを嗅《か》ぐ。

「残念ながらにおいも残っちゃいないようだぜ」

「どっこいしょっと」ナンナンは開脚した姿勢で地面にぺたんと座り、アジアスイギュウに訊いた。「アーニーさんは犯獣《はんにん》に心当たりはありませんか？　なにか目撃したとか、なにか気配を感じたとか」

「ワシはもう老いぼれなので、残念ながら目も鼻も利かない。ご期待に添えずに申し訳ないが」

ナンナンは右前足を顔の前で勢いよく振って、「いえいえ、とんでもないです」

「アーニーさんよ」タイゴが訊いた。「あんたは食糧保管場を警備するとき、いつもどこにいるんだ？」

「第二保管庫の正面と第三保管庫の正面の中間あたりじゃな。そこに陣取っていれば、四つの保管庫全体を見渡すことができる」

「オレたちが最初に会ったところだな。しかし、四六時中そこで見張ってるってわけでもないんだろう?」

「ああ。ワシが警備に就いているのは平日の朝六時から夕方六時まで。朝の六時はまだ薄暗いし、ワシは朝が強くないので、本当は七時くらいから開始したいのだが、タマスが朝の六時には帰りたいと言うのでな。あ、タマスというのは、夜間警備を任せているカバの名だ」

「カバだって?」

「やつらは案外、夜目が利くからな。ちなみに週末の昼間はワシの弟のアネーが警備に当たっておる」

「週末の夜は?」

「夜は平日も週末もタマスじゃな」

「警備している朝六時から夕方六時まで、あんたは片時もこの場を離れないのか?」

「もちろん」アーニーはゆっくりうなずいた。「ワシらアジアスイギュウは我慢強いのが取り得でな。半日間同じ場所でじっとしているくらい、なんともない」

タイゴが疑わしそうな眼差《まなざ》しをアーニーに向けた。

「片時も離れずこの場にいたあんたは、一頭《ひとり》として不審な獣物《じんぶつ》を目にしていないと?」

「ああ。ここへはひと月に一回、干し草の運搬係がやってくるくらいだ」

「運搬係？　どんなヤツだ？」

「大型の草食獣が持ち回りでやっておる。第四保管庫の運搬係は、昨日がウマじゃったな。前回、つまり四ヵ月前はシカたちで、その四ヵ月前がターキンじゃった」

「さっきも話に出てきていたが、ターキンって何者だ？」

「中国生まれのウシによく似たヤギの仲間じゃよ。ワシらよりは短いが、なかなか鋭い角を持っておる。ヤツらは案外、気が短いから怒らせないほうがいいぞ。たとえあんたでも、まともにひと突き食らえば命の保証はない」

「ふん。ヤギごときにやられてたまるかよ」

鼻を鳴らすタイゴの隣で、ナンナンが開脚で座ったまま挙手をした。

「ターキンさんたち、中国から干し草を運んできたと言っていましたよね？　どうしてわざわざそんな遠くから運んできたんですか？」

「住んでいた中国のほうで大洪水が起こって、インドまで集団移住してきたそうじゃ。荷車をひいて非常用の干し草を持ってきたので、ここに保管してほしいと言われてな。そのときはシカたちが干し草を持ってくる予定だったんじゃが、一回遅らせて、ターキンが運んできた干し草を入れてやったんじゃ」

「へえ、アーニーさん、優しいですね」

微笑《ほほえ》むナンナンを呆れたように見つめ、タイゴが強面で質問した。

「ところで、干し草の入れ替えはどういう手順でおこなわれるんだ？」

「担当の運搬係が、荷車で干し草を運んでくる。ワシは運搬係がやってきたら、この正面ドアの閂を外して開ける。そのあと、運搬係と協力して、新しい干し草を保管庫の中へと運びこむ。保管庫には干し草がぎゅうぎゅうにつまっているので、新しく入れたのと同じ量が背後の開口部から押し出される。すべて運び入れたら、ワシが正面のドアに閂をかける。ざっとまあ、そんな手順じゃな」

「反対側は壁もないのに出入りはできないと言っていたな。どういう意味だ？」

「口で説明するよりも、実際に見てもらうのがよかろう。ご足労じゃが、ついてきてくれるかな」

アーニーがのそのそと歩み出した。タイゴとナンナンがあとに続く。パンダのナンナンにはちょうどいいスピードだったが、ライガーのタイゴには遅すぎたようだ。もっと速く歩けないのかと言わんばかりに、スイギュウをにらみつけたが、アーニーはどこ吹く風と受け流す。タイゴは諦めて二足歩行で歩調を合わせる。

保管庫の奥行きは五十メートルほどあった。保管庫一棟あたりの容積は非常に大きく、中にぎっしりつまっているならば、たとえ軽い干し草とはいえ、総重量はかなりのものになりそうだった。アーニーは古い干し草を押し出すと簡単に言っていたが、そうするためには相当の力が必要だろう、とナンナンは思った。

と、アーニーが突然歩みを止めた。

「はい、ストップ！」

考え事をしながら歩いていたナンナンは思わず目を疑った。保管庫の建物が切れるところで、突然地面がなくなっているのだ。地面は垂直に二十メートルほども落ちこみ、いきなり崖《がけ》になっていた。せかせかと歩いていたタイゴは宙に足を踏み出そうとして、慌ててその足を引っこめた。

「わお、危ないじゃねえか。最初から教えておいてくれよ。もう少しで奈落《ならく》の底へ落ちてしまうところだったぜ」

アーニーは愉快そうに笑うと、「すまん、すまん。だから焦りは禁物なんじゃて。世の中、のんびり生きていくのがなによりじゃよ」

ナンナンは恐る恐る崖の下をのぞきこんだ。何頭《なんにん》ものシカやヤギの姿が見えた。心なしか元気がないように見える。

「あの獣たちはなにを？」

アーニーが顔を曇らせた。

「あそこにいるのは病気や老齢で余命いくばくもない草食獣たちじゃ。あそこで待っていれば、古くなった干し草が自然と落ちてくる。それで食いつなぎながら、死を迎えるわけじゃ。フードロスにもならなくて、ちょうどいい。ワシももうじきあちらに行ったほうがいいかもな」

つまり、崖の下は草食獣の姥捨《うばす》て山のような場所なのだろう。タイゴは崖下には目もやらず、誰にともなく不満をぶつけた。

「それにしても、どうしてこんなところに崖があるんだ?」

「ヒトが死に絶えてからしばらくして、この地では大きな地震が起こったと聞いている。たぶんここには活断層が通っておるんじゃろう。地震によって、向こう側の地盤が落ちこんだと考えられる。ほら、保管庫の背後の壁を見てみるがよい」

促されるまま、ナンナンは視線を崖の下から、保管庫の背後へと移した。アーニーが言っていたとおり、建物の背後には壁がなかった。

「その壁も、地震とともに崩れ落ちてしまったようじゃ」

「なるほど、こちら側からは出入りができないという意味がわかりました。ね、タイゴさん!」

ナンナンが話しかけたが、返事がない。なんと誇り高きライガーともあろう者が、青い顔をして目を背けているではないか。

「タイゴさん、もしかして高所恐怖症なんですか?」

「うるさい!」

「ププッ」

ナンナンは両の前足で口を押さえ、懸命に笑いをこらえた。タイゴが高所恐怖症なのは、幼いころ父親から谷底に突き落とされた暗い過去の思い出がトラウマになっているからだということを、ナンナンは知らなかったのである。

3

「タイゴさん、なにも殴らなくても……パワハラかと……」

ジャイアントパンダはもともとその部分が黒いので目立たなかったが、ナンナンの目の周りには痣《あざ》ができていた。

「オレのことを笑ったりした罰だ。いいな、高所恐怖症のことを所長にチクったりするんじゃねえぞ。そんなことしたら、容赦しねえからな」

右前足を引いて再びネコパンチを繰り出すポーズを取ったタイゴを見て、ナンナンが両前足で顔を隠した。

「わかりました、わかりましたから、やめてください。暴力……反対です」

最後のほうは消え入るような声になるナンナンを、タイゴが渋《しぶ》い声で諭《さと》す。

「なに甘っちょろいこと抜かしているんだ。雄《おとこ》はタフじゃなければ生きていけねえんだ」

「そんな殺生《せっしょう》な……」

二頭《ふたり》は週末の昼間に警備を担当しているアネーから事情を聴くため、アーニーから聞いた居場所へ向かっていた。教えられた方角へ歩んでいくと、やがて広い河川敷《かせんじき》に出た。幅が数百メートルはありそうな大河がゆったりと流れ、その両側には緑の草に覆われた河川敷が広がっている。ハーボビア湿地と呼ばれる河川敷だった。湿地では、サイやゾウ、ヌー、サンバーなどの草食獣たちが思い思いに草を食べていた。

このときタイゴの腹がグーと鳴った。

「あれっタイゴさん、お腹が空いたんですか?」

ナンナンは隣に視線を移した。すると、タイゴが血走った目をインパラの群れに向け、食い入るように見つめているではないか。口角にはよだれも溜まっている。もしかしたら、タイゴはインパラを食べたいと思っているのではないか。そう思ったが、怖くて訊くことはできなかった。草食獣のパンダにはわからなかったが、肉食獣には獣の肉を食べたいという本能的な欲求がいまも残っているのかもしれない。

「タイゴさん、行きましょう!」

「えっ」ふと我に返ったタイゴは、なにごともなかったかのように、「おお、そうだな。行くぞ」と応じた。

ナンナンの脳裏にはタイゴがインパラに向けた熱っぽい視線の残像があったけれど、やはり、なにごともなかったかのように「ですよね?」と笑って応じた。

「アネーってのは、どいつだろう?」

「あそこにいるスイギュウさんに訊いてみましょう」

ナンナンは近くにいたやけに角の長いアジアスイギュウのほうへとことこ駆けていき、声をかけた。

「もしもし、お食事中のところ、すみません。ちょっとよろしいでしょうか?」

アジアスイギュウが草を食べるのを中断し、ゆっくり頭を上げた。角の先端のとがった部分が鼻先をかすめ、ナンナンはおおげさに跳びのいた。ところがバランスを崩して、ころんと転がってしまった。

「呼んだかね? おや、そんなところでどうしてでんぐり返りなんかしておるのかな?」

「あはは、いやまあ、体を鍛《きた》えようかと……。あ、すみません。実はアネーさんというスイギュウを探しているのですが」

「ん? アネーならばワシだが、どんなご用かな。パンダの知り合いはいなかったはずだが、あなたはどなたかな?」

「ボクは探偵のナンナンといいます。そしてこちらが……」

ナンナンが紹介しようとするのを遮って、ライガーが自ら名乗った。

「タイゴ。同じく探偵だ」

「探偵さんが二頭で聞きこみですか。ということは、干し草が盗まれた件かな？」

「察しがいいですね」

すかさずナンナンが持ち上げる。

「兄のアーニーがずいぶん騒いでいたからなあ。警察は相手にしてくれないとぼやいていたが、探偵に相談することにしたのか」

「そうなんですよ」

「事情聴取ってわけか。タマスからはもう話を聞いたのかな？」

「いや、まだです」

「だったら、呼んでやろう。一度にすませたほうが楽だろう？」

「それはもちろんですけど、近くにいらっしゃるんですか？」

アネーはナンナンの質問には答えず、後ろを向いて声を張り上げた。

「おーい、タマス！　お客さんだ！」

アネーの背後の水溜まりがいきなり盛り上がったかと思うと、焦《こ》げ茶《ちゃ》色の小山のような物体が現れた。どうやらカバのタマスが水の中で休んでいたようだ。

「客？　いったい誰だ？」

不機嫌そうなタマスの声を耳にして、ナンナンがタイゴに小声で訊いた。

「タイゴさん、カバさんって怒らせると怖いって聞きますけど、本当ですか？」

「本当だ。温和そうに見えて、実は獰猛なヤツで、縄張りに断りもなしに入ると、相手が誰であろうと襲いかかることがある。あの巨大な牙にかかると、ライオンやワニでもひとたまりもない」

「口もでっかいですもんね。ひと呑みにされちゃいそうです」

「ああ、おまえさんの頭《そこ》ぐらいならば、ひと口だろうな」

「タマスさんの機嫌を損ねないよう発言や行動に十分気をつけます」

「どうだかな。カバはときには肉を食うこともあるみたいだぞ。腹が減ったカバはインパラやシマウマを捕食することもあるそうだ」

ナンナンは両前足で肩を抱いて震えた。

「本当ですか。でも、当然、昔の話でしょう？　いまは哺乳類《ほにゅうるい》を食べることは禁じられているんですから」

「表向きはな」

「表向きって……どういう意味ですか？」

ナンナンの質問に答えたのは、タマス本獣《ほんにん》だった。

「鳥獣の捕食が禁じられているのは肉食獣だ。カバは草食獣のカテゴリーに入っているので、食に関する制限はない。つまり、肉を食っても文句は言われないってことだ。わかったか、若僧！」

冗談とも本気ともつかないタマスのことばにナンナンが戸惑っていると、アネーが笑った。

「タマス、からかうのはよせ。かわいそうに、このパンダ探偵、震え上がってるじゃないか」

「探偵だと？」

「ああ、こちらのライガー探偵と一緒に例の干し草盗難事件を調べているんだと。それでワシらの話を聞きたいそうだ」

「なるほど、そういうことか」

タマスが事情を察したところで、アネーがナンナンに向き合った。

「で、ワシはなにを答えればよいのかな？」

質問は先輩探偵がするのだろうと思ったナンナンは、振り返ってタイゴの顔色をうかがった。ところがタイゴはクールな表情のまま口を開こうとしない。おまえがやってみろとばかりに、ナンナンに向かって小さく顎をしゃくった。

「え、ボクですか」ナンナンは戸惑いながら自分を指差し、アネーに向き直る。「えーっと、あなたは週末だけ、アーニーさんに代わって食糧保管場の警備をなさっていると聞きましたが、間違いないでしょうか？」

「間違いない。休みなしで毎日警備をしろってのはさすがに気の毒だから、週に二日、土曜と日曜はワシが代わっている」

「土日の警備業務は、平日となにか違いがあるのですか？」

アネーが首を傾げたので、長い角の先がまたしてもナンナンの目の前をかすめた。今度はなんとか転ばずに踏ん張れた。

「土日には基本的に干し草の入れ替えはないので、平日以上にヒマだな。日がな一日ぼぉっと見張っているだけだ」

「干し草の出し入れはまったくないんですか？」

「入れることはないけれど、出す可能性はある。非常時に引き出すための保管庫なんだからな。ただ、ワシが警備に当たってから、一度も引き出されたことはないな」

いつから警備の任務に当たっているのかという質問には、アネーは三年前からだと答えた。アーニーも同じ時期に警備をはじめたらしい。

ナンナンは続いてタマスに質問をした。

「夜間はタマスさんが毎晩、食糧保管場の警備をしているそうですが、休みなしでしんどくはないんですか？」

「警備といったって、所定の位置でただ寝そべっているだけだ。別にどうってことないぜ」

「寝そべっているんですか。それで警備になるのですか？」

ナンナンの疑問はもっともだと思われたが、タマスにとってはその物言いが気に食わなかったようだ。ちょっといじわるな気分になったタマスは、ゆっくりと体の向きを変え、ナンナンに尻を向ける。

「あ、タマスさん、怒っちゃいました？　すみません。決して、非難しているわけではないので、帰らないで……」

この瞬間、ブオーという爆音が炸裂《さくれつ》した。タマスが盛大に放屁《ほうひ》したのだった。おならと一緒に大量の糞《ふん》をひねり出し、短い尾をぐるぐると回して周囲にばらまいていく。カバにとっては日常的なマーキングの行動だったが、糞を浴びせられたほうはたまったものではない。ナンナンも頭からたくさんの糞を浴びてしまった。さっきまで、白と黒のツートンカラーだった体が、茶色も交じって三色になっている。

「わわっ、ひどい。いきなり糞攻撃なんて……」

涙目になるナンナンに、タマスが向き直った。

「フン。若僧が利いたふうな口を利くんじゃない。オレさまはどちらかというと夜行性なので夜目が利く。寝そべっていたって、不審獣《ふしんしゃ》が近づいてきたら容赦しない。この自慢の牙で撃退してくれる」

そう言うとタマスは口を大きく開いた。三十センチもありそうな下顎《したあご》の牙は、迫力満点だった。

タマスが糞をまき散らしたとき、タイゴはとっさにアネーの背後に回りこんでいた。アネーを盾にして、要領よく糞攻撃を免《まぬが》れたタイゴが前に出た。

「あんたの能力を疑うような発言をこいつがして、申し訳なかった。まだ獣生経験《じんせいけいけん》が少なくて、知らないことが多いんだ。勘弁してやってくれ」

カバの糞まみれのパンダの後頭部に前足を添え、タイゴが頭を下げるよう促す。ナンナンは目をウルウルさせて、「ごめんなさい」と謝った。

「泣いてる場合じゃない。質問を続けろ！」

「はい」ナンナンはうなずき、アネーに質問した。「最近、食糧保管場の近くで不審な獣《じん》物《ぶつ》を見かけたりしませんでしたか？」

「それは要するに、干し草を盗んだ犯獣《はんにん》に心当たりはないか、って意味かな？」

「そうです。ちょっとでもおかしいと思った獣物はいませんでした？」

「記憶にないなあ……」アネーはしばし首を傾げ、「あっ、そうだ。でっかいロバを見たことがあったなあ」

「でっかいロバさんですか。どんなようすでした？」

「ワシがちょっとうとうとしているときに保管庫の近くまでやってきたみたいでな。ふと目を覚ますと、大急ぎで逃げていったので、尻しか見ていないんだが……」

「お尻だけでロバだってわかるんですか？」

ナンナンが目を丸くすると、アネーは首をひねった。

「最近は視力も衰えてきているし、そう言われると、ちょっと自信がなくなるのだが、あの尻尾《しっぽ》の形はたぶんロバだと思う……」

「尻尾の形ですか？　ロバの尻尾って、ウマと同じように、ふさふさした長い毛が垂れているんでしたっけ？」

「違う違う」アネーが首を振る。またしても長い角の先がナンナンの顔の前を通過する。「おっしゃるとおり、ウマの尻尾は根本から何本もの毛が房状に垂れておるが、ロバの尻尾の根本は筋肉で覆われていて、先っぽだけが毛の房になっている。ちょうど、ワシの尻尾と同じような形だ」

アネーから尻尾を見せられ、ナンナンが感心したような顔になった。

「なるほど。筆のような形ですね。そっか同じウマの仲間なのに、尻尾は違うんですね」

「ロバだって？　ウマじゃねえのか？」

抗議するように割りこんだのはタマスだった。

「タマスさんも見かけたんですか？」とナンナン。

「ウマは夜行性ではないので、夜中にほっつき歩いているのはほとんど見かけない。だからこそ、記憶に残っているんだ」

「その獣《ひと》はどんなようすでした？」

「その夜、退屈してついうつらうつらしていると、奇妙な夢を見た。ペガサスが空から地上に舞い降りて、こちらへ近づいてくる夢だった。なんでペガサスなんかの夢を見なきゃなんないんだ、って夢の中でツッコミを入れたのを覚えている。ふと目を覚ましたら、ウマの長い顔が鼻の先にぬっと突き出しているじゃないか。さすがのオレさまも、ぎょっとして思わず叫んでしまった。すると、ウマのほうも驚いたみたいで、慌てて逃げていったんだ」

「なるほど。おそらくあなたはウマの蹄音《あしおと》を無意識に聞いて、ペガサスの夢を見たのでしょう。そのウマの特徴をなにか覚えていませんか？」

タマスは記憶を呼び覚まそうと、目をつむった。

「そうだなあ……なにしろ四ヵ月くらい前の話だからなあ。記憶も曖昧になってきているが、ウマにしては小ぶりだった気がするな、色も薄かったと思う」

「やっぱり、ロバだったのではないでしょうか？」

「なんだ、若僧、オレさまの目が信用できないと言うのか！　ウマと言ったら、ウマだよ！」

またしてもナンナンに難癖《なんくせ》をつけられたと感じたタマスが怒鳴る。ナンナンは身が竦《すく》んでいたが、相手をなだめるように両前足を体の前に掲げて懸命に言い募《つの》った。

「違います、違います、違うんです。ロバはウマと顔つきがよく似ていますし、体の色はウマよりは薄めのグレーですし……」

「いや、あの顔は絶対にウマだ！」

ヘソを曲げたタマスは主張を変えなかった。困ったナンナンは質問の相手をアネーに替えた。

「ちなみにアネーさんがロバさんを目撃したのは、いつの話ですか？」

「えっとなあ」アネーが遠い目になる。「やっぱり四ヵ月かそこらくらい前だったような……」

「四ヵ月前というと、タマスさんがウマを目撃したのと同じ頃ですね。シカさんたちが干し草を運んできた頃です。それってどうなんでしょう、タイゴさん？」

助けを求める目で見つめられ、タイゴがしぶしぶ口を開く。

「アネーかタマスのどちらかが見間違えたのか。あるいはウマとロバが別々に現れたのか。いずれにしても、そんなに前の話だったら、今回の事件とは無関係なんじゃないか」

ライガーは頼りない相方のほうへ顎先を向け、「こいつに任せていてもらちが明かない。オレからいくつか質問させてもらおう。昼夜の警備の交替はどんなふうにやっているんだ？」

タイゴの質問にはアネーが答えた。

「ワシの担当は十八時まで。タマスは十八時五分前までには食糧保管場へやってくる。引き継ぎ事項があったら、そのときに伝えて、交替する。もっとも引き継ぎ事項なんて、あったためしはないがな。タマスの担当は朝の六時までなので、土曜と日曜の朝ならばワシが、それ以外の日の朝ならばアーニーが六時五分前までにいく。夕方と同じように、引き継ぎ事項があれば、それを聞いてから交替する。簡単なものさ」

「朝の引き継ぎの際、タマスから申し送り事項が伝えられたこともないのか？」

「ないね。このハーボビア湿地を見るがいい。生の草がいくらでも生えているだろう。ここに来ればいくらでも食べ放題なのに、保管庫の中の干し草に興味があるやつなんて、崖の下に住んでいる死にかけの老獣《ろうじん》たちくらいのものだろう」

「でもでもでも！」ナンナンが前足を挙げて異を唱えた。「干し草は実際なくなっちゃったわけでしょう。どうやって盗んだのかはとりあえずおいといて、誰がなんのためにやったか、思いつくことはありませんか？」

兄のアーニーは同じ質問に、さっぱりわからないと答えたが、弟はひとつの見解を持っていた。

「考えられるとすると、嫌がらせかな」

「嫌がらせってなんですか？」

「われわれ草食獣ばかりが食糧を備蓄していて、不公平だと感じる肉食獣もいるらしい。実際、あそこで警備をしていると、肉食獣がひやかしにくることもある。後生大事に干し草なんか守ってご苦労さん、となった」

「でても、魚の干物を備蓄している食糧保管場もあるんでしょ。それって肉食獣のための施設ですよね」

「なくはないが、海の近くに少しばかりあるだけだ。干し草に比べたら、備蓄量もたかが知れている」アネーはタイゴに視線を向けた。「あんただって、心の中では草食獣ばかりがいい思いをしていると感じているんじゃないかな?」

「おいおい」タイゴが肩をすくめた。「オレはそんな心の狭い雄じゃないつもりだぜ。もしかしたら、肉食獣の中には、あんたの言うように草食獣に嫌がらせをしてやりたいと思っている連中もいるかもしれねえ。でもな、あの保管庫のクソ重い門の横木はおまえらのようなバカ力のある草食獣にしか外せねえ。瞬発力や敏捷性《びんしょうせい》、物を嚙み砕《くだ》く力はどんな草食獣にも負けるつもりはねえが、重い物を動かしたりする力は図体がでかい草食獣にはかなわないからな」

「うーむ。たしかにほとんどの肉食獣は体がワシらほど大きくないから、門には届かないかもしれないな」アネーが少し考えてから口を開いた。「しかし、クマはどうだ? クマは大きいし、門の位置まで前足が届くんじゃないか。そこそこ力もあるようだしな」

「クマさんですか!」ナンナンが声をあげた。「近縁の仲間なのに忘れていました。検討してみましょうか」

「たしかにヒグマならば怪力の持ち主ではあるな」タイゴがいったんは認める。「しかし、ヒグマは枢機院の一員だ。ヤツらにとって草食獣の保管庫がやっかみの対象になるとは思えねえ」

ナンナンがうなずきながら説明を補足する。

「ツキノワグマさんやマレーグマさん、ナマケグマさんは体格的にボクたちジャイアントパンダと大差ありませんから、横木を外すのは無理だと思います。ボクもやってみましたが、前足がかろうじて届くくらいなんですよ。まあ、ボクは小さいほうですが、大きなツキノワグマさんでもきっと無理だと思います。ヒグマさんよりも大きなホッキョクグマさんならば力持ちだし、横木は外せそうですが、さすがにこんなにあったかいところまでやってくるとは思えません。よって、クマ犯獣説は却下です。どうでしょう、タイゴさん?」

同意を求めるナンナンにタイゴが小さくうなずいてみせる。アネーも納得したようだった。

「嫌がらせ説を本気で主張するつもりもない。残念ながら草食獣の中に食い意地の張った不届き者がいて、こっそり盗んだのだろう。だが、誰がどうやって盗んだのかはまったくわからない。少なくとも、ワシが警備していたときに盗まれていないことはたしかだと思う」

そのときナンナンは、つまらなそうにアネーの話を聞いていたタマスの背中から赤い液体が噴出していることに気づいた。

「わわわっ、タマスさん、血が出ていますよ。大丈夫ですか？」

駆け寄ろうとするナンナンを、タイゴが引き留める。

「おまえってヤツは本当に無知だな。カバの背中から噴き出しているのは血ではなく、汗だ」

「汗？」

「正確に言えば、汗ではない」タマスが大儀そうに口を開く。「オレたちには汗腺《かんせん》がないからな。こいつは日焼けと乾燥から肌を護《まも》るための粘液だ。水中生活に慣れたオレたちは、水からあがると日光に対して無防備なんでな」

「ところで、四ヵ月前の夜にウマだかロバだかを目撃した以外に、なにか怪しい者を見たり、怪しい音を聞いたり、怪しいにおいを嗅いだりは？」

タイゴの問いかけが、タマスの記憶を呼び覚ますきっかけとなった。

「そうそう、それで思い出したが、何度か妙な音を耳にしたぞ」

「ほう、詳しく聞かせてくれ」

「といってもたいして話すことはないんだけどな」と、タマスは前置きし、耳を器用にくるくる回した。「オレたちカバはこのように耳を回すことができる。水の中に潜るときには耳をたたむんだが、それでも多少は水が耳の中まで入ってしまう。耳の中の水を抜くために、こうやって耳を回すことができるわけだが、残念ながらとりわけ聴力が優れているわけではない。まあ、耳の性能はごく普通だと思ってくれ。そんなオレさまの耳だが、周囲がしんと静まりかえった丑三《うしみ》つ時《どき》、微かな音の気配といったものを感じることがある」

「微かな音の気配？　もう少し具体的に、どんな音だか教えてもらえるとありがたいんだが」

「教えてやりたいのはやまやまだが、なんとも表現しがたい音なんだ。カサカサッと草がなびくような音というのが近いかな。空耳かもしれないと考えたこともあるんだが、ときどき聞こえるから、やっぱり実際音がしているんだと思う」

「ときどき聞こえるのかい？」

タイゴが確認すると、タマスは困ったような顔で答えた。

「とはいっても、毎晩ってわけでもない。以前はよく聞こえていた気がするけれど、最近はほとんど聞こえないかな。なんともはっきりしない情報で申し訳ない」

「干し草盗難事件と関係があるかどうかは微妙だが、とりあえず情報提供、恩に着るぜ。ナンナン、引き揚げるぜ」

「アネーさん、タマスさん、いろいろとありがとうございました。これからも警備頑張ってください」

ナンナンは早くこの場を離れて、カバの糞を洗い流したいと思いながら、作り笑顔で別れの挨拶《あいさつ》をした。

4

タマスの視界から外れたところにある小川に寝っ転がり、いつまでも水浴びを続けるナンナンに、タイゴが尖った声を投げつける。

「いつまで水浴びしているつもりだ。カワウソでもあるまいし」

叱られても、ナンナンはマイペースを崩さない。

「そりゃあ、タイゴさんはいいですよ。アネーさんの背中に隠れていたんですから。ウンチまみれになったボクの身にもなってくださいよ」

「それにしたって、さすがにもういいだろう。すっかりきれいになって、ご自慢のツートーンカラーが映えているぜ」

「そうですかあ」ナンナンが満更でもなさそうに頭をかいた。そしてようやく水から上がってきた。「それにしても、タマスさんの話はビミョーでしたね。本当に音が聞こえたんですかね？　耳の中に水が残っていて、耳鳴りでもしているんじゃないですかね」

タイゴはこれ以上待ちきれないとばかりに小川をあとにしながら、「たしかにあやふやな証言だったな。ともかく、まだ盗難事件の手がかりはほとんど見つかっていない。次に急ぐぞ」

ナンナンは水から出ると、体を勢いよく震わせて、水滴を弾《はじ》き飛《と》ばした。そして、唯一の身の回り品であるポシェットを腰に回した。このポシェットの中には笹の葉パウダーが入っていた。お腹が空いて近くにタケがないときには、他の草に振りかけて食べるのだ。

「ラジャー。次はウマのエクースさんのところですね。レッツ・ゴー」

ナンナンが拳を突き上げたときには、タイゴの姿はすでに小さくなっていた。

ウマたちが群れていたのは、ギャロップヒルと呼ばれる草原だった。見渡す限りの広い草原のあちらこちらに、ウマたちが三々五々散らばって草を食べていた。シマウマの小さな群れも見受けられ、遠くには首の長いキリンの姿も認められた。

エクースはどこにいるのだろう。ナンナンが前足をひさしにして草原を眺めていると、一頭《ひとり》の均整の取れた栗毛《くりげ》の牝馬《ひんば》が駆け足でやってきた。

「あなたたちがアニマ探偵事務所からいらっしゃった探偵かしら?」

「いかにも」タイゴは答え、「どうして、それを?」

「さっき第二十八食糧保管場に行ったときに、警備員のアーニーさんから聞いたのよ。干し草盗難事件の捜査をアニマ探偵事務所に依頼したら、ハンサムなライガーとかわいらしいパンダがやってきたって。あなたたちがその二頭《ふたり》だってことは一目瞭然《いちもくりょうぜん》よね。申し遅れました。ワタシがエクースです」

「かわいいだなんて、恐縮しちゃいます」

目の周りの黒い部分を隠すようにして照れるナンナンを無視して、タイゴが訊いた。

「あんたがエクースか。あんたに訊きたいことがあって来たんだが、その前にひとつ。どうして今日もまた食糧保管場へ行ったんだい？」

「あら、そんなの決まっているじゃない。昨日はあんなことがあったから、まだ干し草を保管庫に運び入れていなかったのよ。運搬係としては、干し草を保管庫に収納するところまでが務め。任された役割を果たすために行ってみたんだけど、運びこむのは盗難事件が解決してからにしてくれって、アーニーさんに言われてしまったわ。だから、早く解決してちょうだいな、探偵さんたち」

「こちらもそうしたいと願っているところだよ。いくつか質問させてもらいたいんだが、いいかな？」

「もちろんよ。なんでも訊いてちょうだい」

ふいに風が起こり、エクースの美しいたてがみをなびかせた。タイゴは美しい牝馬の姿に目を細め、咳払《せきばら》いをひとつしてからおもむろに質問を開始した。

「じゃあ、干し草を作って、食糧保管場へ運ぶまでの過程を教えてくれ。特に昨日のことを詳しく」

「いいわ。ご存じだと思うけど、ワタシは昨日、干し草の運搬係に任命されていたの。それで仲間を募って、干し草を運んだわ」

「仲間は何頭《なんにん》？」

「十五頭よ。まずはこの丘、ギャロップヒルで草を刈ったのが半年前。それを丘の隅《すみ》に積んで乾燥させて、干し草を作ったわ。いい感じにできあがった干し草を荷車五台に分けて積んで、それぞれの荷車を三頭で引いたわけ。この丘を出発したのは、夜が明けて一時間くらいしてからだったかしら。なるべく涼しいうちに作業を終えたかったから、早めに出発したのよ。二時間くらいかけて荷車を引き、食糧保管場に到着したわ。昨日は第四保管庫の干し草の入れ替え日だったので、アーニーさんがそこの門を外して、正面ドアを開けた。最初は異変を感じなかったわ。干し草は手前までちゃんと詰まっていたし。それで新しい干し草を押しこもうとしてみんなで一斉に力を入れたら、壁のように目の前に立ちふさがっている干し草が拍子《ひょうし》抜《ぬ》けするくらい簡単にするするっと奥へ動いたの。干し草は保管庫いっぱいに詰まっているのでこんなに軽いはずはない、ってアーニーさんが言いだして、カレとワタシで調べてみた。干し草をかき分けて中へ入ってみてびっくり、途中の干し草が、ごっそりなくなっていたんだから」

「一トンくらいなくなっていた、とアーニーは言っていたが」

エクースは少し考えて同意した。

「そうね。ワタシたち十五頭で運んでいったのが一・二トンだった。それよりはちょっぴり少なかったから、そんなものかもね。問題は誰があれほど大量の干し草を盗んだのか、ってことよ。しかも手前の干し草ではなく、奥の干し草が盗まれている。盗獣《ぬすっと》としては、一見盗難がばれないようにしたんでしょうけど、どうやったら奥の干し草を盗むことができるのかしら？」

エクースが問題点を整理すると、タイゴが同意した。

「馬力のあるあんたたちが十五頭もかかって運んできたのと同じくらいの量の干し草が忽《こつ》然《ぜん》となくなった。しかも、スイギュウやカバたちはずっと警備についていたという。不可解だな」

タイゴとエクースが考えこんでしまったため、しばし沈黙に包まれた。しばらくしてナンナンがはっと思い出したように発言した。

「エクースさん、四ヵ月くらい前に、第二十八食糧保管場に近づいたことのあるウマさんに心当たりはありませんか？」

「ずいぶん昔の話ね。どういうこと？」

「保管庫の夜間警備員のタマスさんがその頃不審なウマを見た、と。ただ、証言は曖昧なところもあって、ボクの考えでは、ロバの見間違いだったのかもしれないという気もしています」

ナンナンはタマスの証言をあまり信用していなかった。

「少なくともワタシたちは食糧保管場に近づいていないわね。証拠ならあるわよ。ギャロップヒルから食糧保管場へ行くにはギャロップ川を渡らなきゃならないでしょ。あの川、雨季の大雨で半年前に氾濫《はんらん》したのを知らない？」

ナンナンは首を左右に振ったが、タイゴはその自然災害の報《しら》せを聞いていた。

「ああ。川辺の草原が水没して、そこで暮らしていたヌーたちがハーボビア湿地に避難したらしいじゃないか」

「そうなのよ。三週間前にようやく水が引いたけれど、それまであそこを通ることはできなかった。だから、ギャロップヒルにいたワタシたちは、食糧保管場へは行けなかった。わかるかしら？」

「そうなんですね」ナンナンは納得して、「ちなみに、ロバさんたちもギャロップヒルで暮らしているんですか？」

「違うわ。ロバたちが住んでいるのは、ギャロップ川の向こう岸にあるドンキーテラスという高台よ」

ナンナンの顔がぱっと輝いた。

「川向こうってことは、ギャロップ川が氾濫したときも、ロバさんたちは食糧保管場へ行くことができたわけですよね？」

「まあ、そうだけど……」エクースが一瞬言い淀《よど》み、タイゴとナンナンに顔を寄せた。「それよりも、気がかりなことがあるの。昨日、食糧保管場から帰ってくる途中で小耳にはさんだんだけど、ミュールが警察に捕まったそうよ」

「ミュールってのは？」

すかさずタイゴが訊く。

「ドンキーテラスに住んでいるロバたちのリーダーというべき雄よ」

「容疑は？」

「なんでも枢機院に脅迫状が送りつけられたとか。ミュールはその容疑者として、酒場帰りに捕まったみたい」

動物たちも総じてアルコール飲料は好きだった。かつては誰でも購入できるように酒屋が存在したが、朝からへべれけになって仕事をしない動物が増えすぎたため、酒は夕方の六時以降に酒場でしか飲めないように法律が改正された。ミュールという雄は、ドンキーテラス近くの安酒場からいい機嫌で出てきたところを逮捕されたらしい。

脅迫状の件はタイゴもナンナンも知っていたが、容疑者が捕まったことは今はじめて知らされたのだった。ナンナンが目を丸くする。

「ミュールさんの特徴は？」

「一度遠目に見たことがあるだけなんだけど、リーダーだけあって、立派な体つきをしていたわ。ワタシたちウマよりも少し小さいくらいだったもの」

「おいナンナン、警察に行くぞ！」

タイゴがナンナンの背中をどんと叩いた。

5

アフラシア共和国の首都ハイデラバードは大きく三つの地区に分かれていた。ハイデラバード全体を見渡すことができる小高い山の頂上から中腹に位置するアッパーランド、その南側の裾野にアッパーランドを囲むように広がるミドルランド、そして残り九割の面積を占める低地ロウワーランドである。もっともハイデラバードはデカン高原にあったため、ロウワーランドとはいえ、標高は五百メートルほどあった。

アッパーランドには枢機院に属する動物たちが居住し、ロウワーランドにはそれ以外の動物たちが生息している。両地区の中間にあり、緩衝地帯の役割を果たしているミドルランドは非居住地域であり、共和国の国会議事堂や行政機関、司法機関など政府の施設が建ち並んでいた。アフラシア警察本部も、ここミドルランドに建っていた。ヒトが暮らしていた頃もこの一帯は官庁街であり、現在もそのときの建物をそのまま利用していた。ミドルランドとロウワーランドの境界には、くっきりと黄色い線が引かれていた。用事のない者の無闇《むやみ》な立ち入りが禁止されているのである。

境界線をまたいでミドルランドに足を踏み入れたタイゴが顔をしかめて不平を漏らす。

「ここに来るたびに、どうも体中がむずむずしてくるぜ」

一方、ナンナンは平然としていた。

「そうですか？　ボクは別になにも感じませんけど」

「おまえのことを羨《うらや》ましく思うことなんてめったにないけど、いまばかりはおまえさんの鈍感さが羨ましいよ」

「そうですか。タイゴさんに褒められると照れますね」

タイゴが「別に褒めてはいないが」と心中で苦笑していると、ナンナンが声をあげた。

「見えてきました。あれ、警察署ですよね」

ナンナンが行く手の建物を指し示す。建物の前でにらみをきかせていた制帽を被った巡査のブルドッグに用件を伝える。ブルドッグは探偵たちの話を面倒くさそうに聞いたあと、建物の中へ入っていった。しばらくすると、二頭《ふたり》の警察官を連れて戻ってきた。雄《おとこ》のキツネと雌《おんな》のレッサーパンダである。

キツネは右耳の先端がちぎれていた。傷口がすっかり治っているところを見ると、若い頃にやんちゃをして、ライオンかヒョウにでも噛みつかれたのかもしれない。

「刑事のフォクシーだ」右耳の欠けたキツネが尊大な態度で名乗った。「てめえはロックスのところで探偵をやっているタイゴだったな。てめえのへなちょこな連れは誰だ?」

「はじめまして」へなちょこ呼ばわりされてもめげることなく、ナンナンがお辞儀する。

「ボクはこの前アニマ探偵事務所に入ったナンナンといいます。よろしくお願いします」

「まあ、あなたも探偵なの」レッサーパンダがくすくす笑った。「あら、ごめんなさい。ワタシは警部のミンミン、フォクシーの上司です。ワタシたちが逮捕したミュールについて、なにか情報があるとか?」

毛づくろいを丁寧にやっているのだろう、ミンミンの全身を覆う赤茶色の毛は、陽光を浴びると金色に輝いた。ことにふさふさの尻尾は美しかった。

「そうなんですよ。ミュールさんって、体の大きなロバさんなんでしょ。その獣《ひと》、実は……」

ミンミンの澄みきった目を見つめたまま、とうとうとしゃべりはじめたナンナンを、タイゴが制止した。

「おまえは黙っていろ」それからタイゴは視線をフォクシーに向け、続いてミンミンへと転じた。「まずはこちらが訊きたい。ミュールはどうして捕まったんだ?」

「なんだと? 警察がどうして探偵ふぜいに捜査情報を教えなきゃならないんだ!」だしぬけにフォクシーがいきりたった。短気な部下をミンミンがたしなめる。

「興奮するのはやめなさい。いいわ、教えてあげる。枢機院議員のウルス卿《きょう》はご存じかしら」

「知っているぜ。いかにも美食家って風貌《ふうぼう》のヒグマだろう。オレなら、もう少しダイエットしたほうがいいと忠告するけどな」

「後半は聞かなかったことにしてあげるわ。ウルス卿のところに脅迫状が届いたのよ。文面は『飽食は万死に値する大罪なり』、署名はなかった」

「傑作じゃねえか。オレも同感だぜ」

タイゴが茶化すと、フォクシーが詰め寄った。

「てめえもミュールの一味なのか？　ええっ？」

ミンミンが割って入る。

「二頭ともやめて。タイゴ、まじめに聞かないなら、情報提供はなしよ」

「わかった。すまねえ。もう邪魔しねえから、続けてくれ」

「その脅迫状には、ロバのにおいが残っていた。これはイヌよりも嗅覚《きゅうかく》が優れたヒグマのウルス卿自身の判断よ。それでロバたちを監視してみると、彼らは常日頃から枢機院に恨みを抱いていることがわかった。おとなしいロバの大衆を扇動し、枢機院に反旗《ひるがえ》を翻す運動を主導していたのがミュールだった。それで逮捕したのよ。こちらからの情報はこんなところ。次はそちらの番よ」

「オーケー」タイゴが軽く受ける。「じゃあ、ナンナン、説明してくれ」

「えっ、ボクが説明していいんですか？」

「話したくてうずうずしているくせに。とっととやらないなら、オレが話すぞ」

「や、やります、ボクが話します」

ナンナンは、ミンミンとフォクシーに第二十八食糧保管場で発生した干し草盗難事件について説明した。そして、四ヵ月ほど前、警備員のアネーとタマスが立て続けに、体格のよいロバらしき動物を目撃したことから、ミュールが盗難事件になんらかの形で関わっているのではないかと推測したことを付け加えた。

「体格のいいロバか」説明を聞いたフォクシーがうなずく。「たしかにミュールは当てはまるかもしれない」

「でも、どうなの？」ミンミンが異議を唱えた。「仮にふたりの警備員が目撃したのがミュールだとして、犯獣《はんにん》扱いするのは早計じゃない？　現場付近で目撃されたのは四ヵ月も前で、干し草が盗まれたのは最近なんでしょう。そもそも犯獣は二十四時間警備がなされている保管庫に、どうやって侵入し、どうやって盗み出したというのよ。もしかしたら、警備員の隙をついて侵入することはできるかもしれないけど、そんな大量の干し草を運び出すのは至難の業《わざ》。誰にそんなことができたって言うの？」

立て板に水の勢いでまくし立てられ、ナンナンはたじたじとなった。なにか言い返さなければと思っていると、警察署から一頭《ひとり》の雄のオオカミが出てきた。

「あら、ルパス、どうしたの？」

現れたのはミンミンの部下のルパスという名の刑事であった。引《ひ》き攣《つ》れたような傷跡が顔の左半分を縦断するように残っている。

「どうもこうもありませんよ。おや、なんできさまがこんなところにいるんだよ。ここはきさまのような腐れライガーの来るところじゃねえ。とっとと帰りやがれ！」

ルパスはタイゴの姿を見つけると、いきなり因縁《いんねん》をつけてきた。タイゴはにやりと冷たい笑みを片頰《かたほお》に浮かべ、動じたふうもなく言い返す。

「いきなり負け犬の遠吠《とおぼ》えか？　いや、負け狼だったな、こりゃ失敬！」

「なんだとこら！　警察官のオレに喧嘩を売るつもりか。いい根性じゃねえか。おら、かかってこい！」

「ライオンを父に、トラを母に持つオレが、オオカミごときに負けるはずもない。覚悟しろ」

頭に血がのぼりいまにも飛びかからんばかりのライガーの後ろ足にしがみつき、ナンナンが必死に止める。

「タイゴさん、マズいですよ。相手は警官、しかもここは警察署の前、分が悪すぎますって」

ミンミンも呆れた表情で、ルパスに釘《くぎ》をさす。

「ルパス、いいかげんにしなさい！　この前も被疑者をぼこぼこにして、謹慎を食らったばかりでしょう。今度、暴力事件を起こしたら、警察にはいられないわよ。それで、どうしたの？」

ルパスは振り上げた拳の行き場に困ったような顔でタイゴをにらみつけながら、上司に報告した。

「刑事部長の命令でミュールを釈放することになりました。おい、出てこい、ロバ野郎！」

そのことばを合図に、警察本部の建物から老齢の大きな草食獣がのっそりと出てきた。

「釈放？　どういうことよ。説明して」

「そうですよ。なにがあったんです、ルパス先輩？」

面食らったようすのミンミンとフォクシーに、ルパスが苦り切った口調で説明した。

「筆跡鑑定の結果、脅迫状を書いたのは百パーセントこいつじゃないとわかったそうで」

「それって、間違いないの？　筆跡なんて、偽装しようと思えば、偽装できるものでしょう。ましてや脅迫状なんだから、正直に自分の筆跡をさらすほうが愚かすぎると思うけど」

「オレもそう思うんですが、今回ばかりは間違いありません。だって、脅迫状を書いた獣《じん》物《ぶつ》が別にいたんですから」

「書いたのが誰だかわかったってこと？　誰よ？」

「それがなんと……ウルス卿だったんですよ」

「へっ？」

ミンミンがあっけにとられた表情になった。ナンナンもわけがわからなかった。ウルス卿というのは、脅迫状を受け取った本獣《ほんにん》だったはずだ。

「つまり、自作自演の狂言だったわけです。まったく獣騒《ひとさわ》がせな……」

憤懣《ふんまん》やるかたないようすのルパスを、ミンミンが問い質す。

「ウルス卿はなんでまたそんなバカなまねを？」

「このロバ野郎がドンキーテラスで枢機院議員をコケにする演説をしているって噂を、ウルス卿は聞きつけられたようです。枢機院議員の中でも最大の標的にされていたのがウルス卿で、『飽食は万死に値する大罪なり』とののしられたとか。それでちょっと痛い目にあわせようと思って、脅迫状をねつ造したそうです。ロバのにおいが残っていたってのも、まったくのでっちあげ。オレらが嗅ぎとれなかったのも、当然ですよ」

「なんてこと」ミンミンが天を仰ぐ。「ウルス卿も困った獣《ひと》ね」

「実は、ウルス卿がそんなバカなまねをしでかしたのには、もうひとつ理由があるみたいで……」

「他にも理由があるの？」

「ええ」ルパスが言いづらそうな顔で、「聞きたいですか？」

「そりゃあ聞きたいわよ」

「聞かないほうがいい気もするんですが……」

ルパスが意味深な物言いをすると、ミンミンが苛立《いらだ》ちをあらわにした。目鼻立ちが整った美しい顔が、瞬間的に凶悪な獣相《にんそう》となる。

「なにもったいぶってんのよ。早く教えなさい！」

「わかりました。ウルス卿はミンミン警部に気があるんですよ。自分で事件をでっちあげて、警部の美しい顔を拝もうとしたって寸法です」

「なにそれ！　信じられない。ワタシ、あんなデブのヒグマなんて……」しかめっ面で罵《ば》倒《とう》しようとしたミンミンだったが、周りにナンナンたちがいることに気づいて、慌てて取《と》り繕《つくろ》う。「ミュールさん、あなたを釈放します。どうぞお帰りください。ただし、今後も過激な演説で民衆を扇動し続けると、内乱罪に問われるかもしれないので、そのつもりで。探偵さんたちもどうぞ、一緒にお引き取りくださいな」

ミュールがのろのろと顔をあげた。

「刑事さんたちは言論の自由ということばをご存じかな。ワタシはいつでも言いたいことを言うし、書きたいことを書く。それで罪になるのなら、どうぞお好きなだけ捕まえてくだされ。ほな、さいなら」

左顔面に傷跡の走るオオカミと右耳先のちぎれたキツネが憎々しげに見守る中、ミュールは左後足を引きずるようにして、警察本部から去っていく。タイゴとナンナンもそれに続いた。

しばらく無言のまま歩き、黄色い線を越えてロウワーランドに入ったところで、ナンナンがミュールに話しかけた。

「ミュールさん、おたずねしたいことがあります。四ヵ月くらい前ですが、第二十八食糧保管場に行かれたことはありませんか？」

ミュールが歩を止め、長い顔を斜めに傾けた。

「はて？　近づいたこともないが、どうかしたのかな？」

「ボクたちはいま、とある事件を調べていまして」ナンナンがぼかす。「それでおうかがいしているのです。近づいてないことを証明できますか？」

証明などできないだろうと思って放った質問だったが、意外なことにミュールは「できるよ」と答えた。

「えっ？」

「ワタシは五ヵ月前に左の後足をけがしてしまってな。まあ、不注意で崖から転落したのが原因なので、お恥ずかしいかぎりなのですがな。ともかくそれからひと月以上は立ち上がることすらできなかった。ドンキーテラスの誰にでも訊いてくれていいですぞ」

ナンナンはミュールの足に目をやった。

「そっか、それで足を引きずっているんですね。失礼しました。じゃあ、もうひとつ。ドンキーテラスにあなたと同じくらい立派な体格のロバはいますか？」

質問を聞いたミュールが愉快そうに歯を見せて笑った。

「それは無理というものですぞ」

「無理？　それはなぜ？」

そこにタイゴが割りこんだ。

「オレはわかった気がする。ミュールさん、あんた、ロバじゃないな？」

「さすが、よくおわかりですな。ワタシが大きいのは、ロバではなく、ラバだからです」

「ラバ？」

ナンナンはきょとんとしていた。

「ご存じないですか。ワタシの父親はロバ、母親はウマなんですよ。体が大きいのは母譲りの資質というわけです。要するにワタシも、タイゴさんと同じようにハイブリッドなのです。いや、キマイラといったほうがいいかな」

自嘲的に語ると、ミュールは少し寂《さび》しそうに笑って去っていった。

ミュールもドンキーランドに住む他のロバたちも干し草盗難事件とは無関係だとわかった。後足を引きずりながら去っていくミュールを見送りながら、ナンナンが待ちきれずに訊いた。本当はもっと前に訊きたかったのだが、ミュールが一緒のときに質問するのはなんとなく失礼な気がしたのだ。

「タイゴさん、ミュールさんが言っていたキマイラってなんですか？　ハイブリッドは雑種って意味ですよね。でも、キマイラなんて聞いたことありません」

「おまえさんは本当に無知だな」

タイゴはあからさまに侮蔑《ぶべつ》したが、ナンナンはめげるようすもなく、タイゴにすがりついた。

「だって、知らないものはしかたないじゃないですか。ねえねえ、教えてくださいよー」

パンダという動物はずるいと思う。体に対して大きめの頭部に短めの四肢。その体型は、幼獣《ようじ》の特徴そのままである。成獣《おとな》は本能的に、幼い子を見ると護ってやらねばならないという感情が湧くようになっている。目の前にいるのは、もう成獣のパンダだとわかっていても、こうして子どものように振る舞われると、ついつい甘やかしてしまうのだ。タイゴは軽く溜息をついてから、口を開いた。

「キマイラというのは伝説上の動物だ。ライオンの頭に、ヤギの胴体を持ち、尻尾はヘビからなっている」

「そんな動物がいたんですか？」

「伝説だと言っただろう。口から火を噴くことができるという空想上の生き物だ。オレはライガーに生まれついたので、ライオンとトラの特徴を持っている。ミュールはラバなので、ウマとロバの特徴を持っている。オレたちハイブリッドの動物は、いわばキマイラと同じように寄せ集め生命体なんだよ！」

タイゴが感情を高ぶらせて激白した。のんきなナンナンはそれでもまだタイゴの悩みが理解できていなかった。

「でも、ステキなことじゃないですか。タイゴさんはライオンの強さとトラの気高さを併せ持っているわけでしょ？」

「わかったふうな口を利くな」

怒鳴るのではなく、静かに諭すような口ぶりだった。さすがにナンナンも自分の発言がタイゴを悲しませていることに気づいた。

「すみません」

「オレたちは子どもを持つことができない」

「えっ？」

「しょせんオレたちはハイブリッドにすぎない。ハイブリッドは種として完成されていないんだ。ライガーはライガー同士でも、あるいはライオンやトラを相手にしても愛し合うことはできる。ただし、子どもはできない。そういう動物なんだよ」

タイゴの告白は、ナンナンの常識を覆す内容だった。子孫を残すことができない動物がいることも初めて知った。なんという悲劇なのだろう。

「じゃあ、ミュールさんも？」

「ああ、ラバだって同じだ。ウマの体格とロバの聡明《そうめい》さを兼ね備えていても、一代限りの命にすぎない。ミュールが熱く枢機院批判を続けているのは、自分の命があるうちになにかやり遂げなければならないという使命感に燃えているからに違いない。オレはそう思う」

それではタイゴが探偵をやっているのも、同じような使命感によっているのだろうか。ナンナンの脳裏にそんな考えが浮かんだ。

「タイゴさんはどうして探偵を？　ミュールさんと同じように自分の生きる証《あか》しを……」

ナンナンの質問を遮るようにして、タイゴが真剣な目つきでナンナンを見つめた。

「おまえさん、さっき会ったミンミンという雌《おんな》警部を熱のこもった眼差しで拝んでいたようだが、どう思った？」

「藪《やぶ》から棒にどうしたんですか。いや、なかなか美獣《びじん》だし、ステキだな、と」

答えながらナンナンは自分の顔が火照《ほて》っているのを感じた。

「そんなことだろうと思った。悪いことは言わないから、異種の動物に恋愛感情など抱かないほうがいい。異種間に生まれたハイブリッドのオレからの忠告だ」

「わかっています！」ナンナンが無理やり陽気に答えた。「そもそもミンミンさんがボクなんかを雄《おとこ》として見てくれるとも思えませんし。それよりも、気になることが……」

「気になること？　なんだ、言ってみろ」

「じゃあ、おことばに甘えて。怒らないでくださいね。タイゴさんはルパス刑事と過去になにかあったんですか？　ずいぶんと険悪なムードでしたけど」

タイゴはしばらく無言だった。触れられたくない過去があるのだろう。そう、自分にだって他獣《ひと》には知られたくないエピソードはある。警察官だった兄を暴力団の報復で亡くしたことや、長旅の末に母が衰弱死したことなどは他獣《たにん》には知られたくない。ナンナンが自分の苦い過去を振り返っていると、ふいにタイゴがぼそっと言った。

「オレとルパスは昔、同僚だった」

「えっ！ってことは、もしかして、ルパスさんも昔は探偵だった？」

「逆だ。オレも昔は警察官だった。ルパスは同僚だったんだが、ひと悶着《もんちゃく》あってな」

タイゴはそれだけ語ると、押し黙ってしまった。とてもなにがあったのか訊けそうな雰囲気ではない。ナンナンは強引に話題を変えた。

「ともかく、ボクらは干し草盗難事件を解決しなきゃですよ。と言ってはみたものの、なんか手詰まり感満載ですよね。次はどうしましょうか、タイゴさん。ご指示ください」

「少しは自分のおつむを働かせてみたらどうだ」

「わっ、タイゴさんがいきなり鬼教官に変貌《へんぼう》！」

ナンナンは両前足を頭の上に持ってきて、指を立てた。

「くだらん」

一蹴《いっしゅう》したものの、タイゴの頬は少し緩《ゆる》んでいた。

「おつむを働かせてみました。シカさんたちに聞きこみをしてはどうでしょうか？　ウマさんたちの前に第四保管庫に干し草を運びこんだシカさんたちに」

「いいだろう。他に名案も浮かばない。それで、そのときに運搬係をやったシカたちはどこにいるのかわかっているのか？」

「はい。さっきエクースさんから聞いておきました」

「ほう、少しは気が利くようになったじゃねえか。で、シカたちはどこだ？」

「振り出しに戻る感じですが、ハーボビア湿地のアネーさんと会った近くのようです。そのときのリーダーは、ルサという名のサンバーさんだったようです」

「しかたない。ハーボビア湿地まで戻るとするか」

タイゴが疲れたようすもなく歩きだす。ナンナンはとことことそのあとを追った。

6

二頭《ふたり》がハーボビア湿地に戻ったときには、すでに太陽は地平線の下に沈み、空一面に夕焼けが広がっていた。ライガーもジャイアントパンダも夜目が利くので問題なかったが、昼行性の動物たちにとっては、ぼちぼちねぐらに帰る時間であった。近くの枝で、フクロウが鳴いた。夜行性の動物たちにとっては、これからが待ちに待った活動時間となるのだ。

夕闇《ゆうやみ》の中、頭に立派な角のある大きなシカたちのシルエットが見えた。サンバーの群れである。タイゴが駆け寄り、ルサの居場所をたずねる。ルサはひときわ立派な角を持つ雄《おとこ》のサンバーだった。

タイゴはすぐにルサを見つけ、自己紹介をした。ルサは干し草が盗まれたことは知らなかったらしく、タイゴから事件の概要を聞いて目を丸くした。

「なんと、ワタシたちが運びこんだ干し草が何者かに盗まれた、と」

「あんたたちが運びこんだ干し草かどうかははっきりしない。もしかしたら、その前の干し草かもしれない。ともかく、あんたたちが運搬係として運びこんだときのようすを聞いておきたいと思って、やってきた。教えてくれるかな」

そこへようやくナンナンが追いついた。ルサはタイゴとナンナンの顔を交互に見つめ、

「ご苦労さまです。そちらのパンダもご同業ですか?」

「ああ、気にせずに話してくれ」

「もちろんお話しします。不届きな盗獣《ぬすっと》をぜひ捕まえてください。どこからお話しすれば

よろしいでしょうか」

「とりあえず、思い出せることはなんでも頼む」

「わかりました。第二十八食糧保管場には、四つの保管庫があって、順番にひと月にひとつずつ新しい干し草を運びこんでいます。だから、どの保管庫も四ヵ月ごとに入れ替えがおこなわれることになります」

「ああ、承知している。だから、あんたたちが運搬係をやったのは、四ヵ月前ってことだな?」

ルサが立派な角のある頭を縦に振ってうなずいた。

「はい、もともとの予定では八ヵ月前だったのですが、急きょターキンたちが運んできた干し草を入れることになったらしく、一回遅れて四ヵ月前になりました。運搬係という名称から、担当した動物は干し草を保管庫まで運ぶだけと思われがちですが、実際には運びこむための干し草を作るところからが仕事となります。干し草はただ刈ればよいというわけではなく、刈ったあと天気のよい日に日向《ひなた》に並べて干し、乾いたらそれを積んでおく。干しておくうちに、草は水分が抜けて小さくなります。保管庫に運ぶのは一回あたり、荷車五台分ですので、それだけの干し草を作るには、膨大な量の草を刈る必要があります」

「ギャロップヒルのウマたちは、干し草を作るのに半年くらいかかったと言っていたな」

「そうでしょう。ワタシたちもだいたい同じくらいかかりました」

「ここは湿地なので、刈った草を乾かすのにより時間がかかるんじゃないのか？」

「ああ、言い忘れていました。草を刈った場所はここではなく、十キロくらい離れたディアプレインという平原です。このハーボビア湿地に生えている草は、ワタシたちサンバーの好物なのですが、ちょっと癖があって、中には嫌がる草食獣もいるんです。ディアプレインに生えているのは、サンバーだけでなく、ワピチもアカシカもバラシンガジカも、どんなシカでも大好きな草なので、そちらを干し草にしました。ディアプレインは乾燥した平原ですので、干し草を作るのにも適していますし、一石二鳥だったのです」

タイゴが軽くうなずいた。

「わかった。説明を続けてくれ」

「そして運搬の当日がやってきました。ワタシたちは深夜零時にディアプレインに集合し、作業を開始しました」

「深夜零時！」声をあげたのはナンナンだった。「あ、失礼しました。ボクはタイゴさんに付いて探偵修業をしているナンナンといいます。どうしてそんな時間から？　真っ暗だと作業も大変でしょうに」

「実はその日の朝九時に教祖様に呼ばれていたのですよ。その少し前から、ときおり全身に悪寒を感じるようになって、長老に相談したら、教祖様を紹介してくれたんです。その方にどうしてもその日の九時にしか予約が取れないと言われたんです。とはいえ、その日、運搬係を務めることはずっと前から決まっていて、キャンセルはできない。朝一で干し草を運びこめば、九時のアポにも十分に間に合うということで、仲間たちに無理を言って、真夜中から作業を開始しました」

教祖と聞き、タイゴの目が残照を浴びて怪しく光った。

「教祖ってのは、もしかしてダッドのことかい？」

「はい。探偵さんもご存じでしたか」

「ああ、ときどき相談に乗ってやっている」

「ダッドって誰です？」

二頭の会話についていけないナンナンが訊いた。答えたのはタイゴだった。

「カプリ教というヒツジやヤギたちを中心に流行《はや》っている宗教の教祖だ。祈禱師《きとうし》もやっていて、なぜか霊験あらたかという評判が立つようになって、いまでは予約が取れないほどの人気だと聞いた」タイゴはここでルサのほうを向き、「で、ダッドの祈禱は効いたのかい？」

「おかげさまで」ルサが満足そうに微笑む。「みてもらったところ、なんでもウワバミの霊が憑《つ》いていたらしく、お祓《はら》いをしてもらうと、たちまち治りました」

タイゴは疑わしそうに、「イワシの頭も信心からというからな。ま、よくなったのなら、よかったじゃねえか。では、話を戻そう。真夜中からディアプレインに仲間を集めて作業をしたって話だったな。何頭の仲間《にん》と、どんな作業をしたんだ」

「集まったのは十九頭。ワタシも含めて、全二十頭で、まずは作った約一トン分の干し草を五台の荷車に分けて積みました。その夜は新月で真っ暗だったので、いくら夜目が利くとはいえ、積みこみ作業にかなり時間を要しました。ディアプレインを出発したのは、夜中の三時くらいだったと思います。ここから第二十八食糧保管場までならばさほど距離もないのですが、ディアプレインからだったため十五キロほどの道のりとなりました。暗い夜道を、全員で慎重に荷車を引っ張ったり、押したり。そうして、ちょうど夜が明けた頃、保管庫に到着しました」

「警備員はカバのタマスさんではなく、スイギュウのアーニーさんだったんですよね？」

ナンナンが確認すると、ルサは勢いよくうなずいた。

「はい。交替して持ち場に就いたばかりだったようです。起きて間もなかったのか、まだ眠そうでしたね。寝ぼけていて、閂を外すのにも時間がかかっていました」

「そういえば、アーニーさん、自分でも朝は強くないっておっしゃっていました」

「そうでしょう。いかにも調子悪そうで、『どうしてこんな薄暗いうちから作業しなくちゃならんのだ』と愚痴《ぐち》っていましたから。ともかく、ドアが開いたので、ワタシたちは干し草を保管庫の中へ運びこみました」

「草を保管庫の中に力ずくで押しこむんですよね？」

「はい。体重を乗せてぎゅうぎゅう押しこむんです。押しこんだ新しい干し草と同じ分量の古い干し草が、保管庫の背後から押し出されるという、とても荒っぽいやり方でした」

「二十頭全員で押しこんだんですか？」

「アーニーさんを含めて二十一頭ですね。ただ、全員が開けたドアの隙間に頭を突っこめるわけではありません。スペースはそれほど広くないですからね。比較的体の小さな者が最前列に並んで頭で干し草を押し、体格のよい者は前列の者の尻を押しました。体の大きなワタシとアーニーさんは、三列目で全員のお尻を押していました。サボっている者は一頭《ひとり》もいませんでした」

そのときのようすを再現しようとしたのか、ルサは頭を低くして、ナンナンのほうに突き出した。

「わわっ……よくわかりました。実演はしてもらわなくてもけっこうです」

尻ごみをするナンナンを冷ややかに横目で見て、タイゴはルサに向き合った。

「サンバーの中にも体格のいいヤツ、悪いヤツがいるのか」

「失礼しました。また、言い忘れていました。実は運搬日の一週間くらい前から、われわれの中で風邪が流行《はや》りはじめまして、サンバーだけでは運搬できなくなってしまったんですよ。急きょディアプレインで運搬係を募集して、バラシンガジカやアカシカの力も借りました。比較的体の小さなバラシンガジカに最前列を任せ」ルサは突然そのときのようすを思い出したようで、「おや、そういえばあのとき、最前列に一頭、体格のよいシカがいたなあ。首がラクダみたいに太くって。あれは誰だったたっけ？」

ルサのつぶやきに、タイゴが興味を示す。

「大きなシカだったら、ヘラジカかワピチだったんじゃないか？」

「違います。ワピチはそのひと月前に第三庫への運搬係をやったので、今回は声をかけませんでした。ヘラジカは涼しいところが好きなので、山のほうに棲《す》んでいて、ディアプレインに姿を現すことはありません」

「角の形は？　シカの仲間だったら、角が種を見分けるポイントになるはずだが」

「角はなかったですね。雌《おんな》だったんだと思います。最初に集めたのはサンバーの雄ばかりだったのですが、メンバーが不足して急募で集めたバラシンガジカやアカシカの中には、雌もいましたから」

「バラシンガジカの雌でなかったのなら、アカシカの雌だったんじゃないか？　運搬作業の終了後、そいつが誰なのか確認しなかったのか？」

「それが……ワタシは干し草を運び終えたあと、すぐに教祖様のもとへと急ぎたかったので、現地解散にしたんですよ。はて、あれは誰だったんだろう？」

7

翌朝、タイゴとナンナンはディアプレインへ向かっていた。とはいえ、どちらの顔色も冴《さ》えない。

前夜のこと、二頭《ふたり》が重い足取りでアニマ探偵事務所へ戻ったとき、所長室ではロックスがデスクの向こうで目を血走らせて懸命にあくびを嚙み殺していた。調査の結果をタイゴとナンナンから聞くために、苦手な夜更かしをして待っていたのだ。タイゴが一日の調査の進展状況を手際よく報告すると、ロックスは前足を組んで「うーん」と唸《うな》った。そして、事件解決の糸口が見つからずに落ちこむ探偵たちを鼓舞するために、方針を出したのだった。

「事件の陰に雌《おんな》あり。かくなるうえは、謎の雌シカに一縷《いちる》の望みを懸けてみるか、かよ」

昨夜の所長のことばを口まねしたあと、タイゴが疑問を提示した。「でも、仮にその雌シカが怪しいとして、どうやったら大量の干し草を盗めるというんだ？　シカ二十頭《にん》、ウマならば十五頭もかかって運んだ量のものを盗むなんて芸当、どうやったらできるんだ」

ナンナンは昨日一日歩きまわったために、足がぱんぱんだった。ディアプレインはどうしてこんなに遠いのだろう。喉元《のどもと》までこみあがってくる泣き言をかろうじて封じこみ、

「ですよね」と応じる。

新米が上の空であることに気づいた先輩探偵が活を入れる。

「ナンナン、なにをぼけっとしてるんだ！　おまえ、やる気がないのなら、とっとと探偵なんて辞めちまえ！」

兄と慕《した》うタイゴのひと言で、ナンナンは目が覚めたようだった。背筋を伸ばし、右前足を頭の横に添えて敬礼をした。

「失礼しました」

「おお、気合いが入ったようだな」

「はい。シロクロはっきりつけてやる！」

「なんだそりゃ」

「すみません。決め台詞《ぜりふ》です」

「決め台詞だと？」

「名探偵たるもの、決め台詞のひとつも必要かと思って。『シロクロはっきりつけてやる！』ってどう思います？　よくないですか？」

「おまえに決め台詞なんて、十年早いわ」

「そんなあ……」

ナンナンががっくりうなだれた。

「くだらないこと考えているヒマがあったら、犯獣《はんにん》を探せ。おまえは誰が怪しいと思う？」

「えっ、ボクですか？　そうですねえ……そうだ、タマスさんが怪しいと思います。あの獣《ひと》だったら、夜間に少しずつ盗んでも、誰も気がつかないんじゃないですか。アーニーさんもアネーさんも、用事がない限りドアを開けないので、新たに運びこまれるまで、干し草が盗まれていたことに気づかなかったんですよ」

「いいか、真っ先に怪しまれるのは警備員だ。タマスはそこまで愚かだろうか？　オレはそうは思わない。それになくなった干し草の量が半端じゃない。単独犯では無理な気もするが、それはまだ断定できない。繰り返すが、これほど大量の干し草をどうやって盗み出したのか。これが事件解決のためのポイントその一だ」

「だったら現場で目撃されたロバさんやウマさんの犯行でしょうか？　ラバのミュールさんは反政府活動を主導していたんですよね。知り合いのウマさんやロバさんを焚《た》きつけて、大勢で盗み出したんじゃないですか？　一種のテロですよ」

「干し草を盗むことがテロになるもんか。困るのはせいぜい一般の草食獣だけ。枢機院のお偉方にとっては痛くもかゆくもないぞ。どうやって盗み出すかという問題もある。例の保管庫は一種の密室だった。たった一頭《ひとり》でも潜りこむのは難しい。密室状態の保管庫にどうやって入ったのか。これがポイントその二だ」

「タイゴさん、保管庫は密室とおっしゃいますが、背後は壁がなく、入ることはできましたよ！」

「保管庫の背後は二十メートルの断崖《だんがい》になっていたのを覚えているよな」

「わかった！」ナンナンが声を弾ませた。「キリンさんじゃないですか。崖の下は老齢の草食獣の溜まり場になっていましたけど、その中にキリンさんもいたんじゃないでしょうか。キリンさんが長い首を伸ばして保管庫の背後から干し草を食べちゃった！」

「おまえはバカか」タイゴが一蹴する。「キリンの背の高さは五メートルくらいだ。後ろ足だけで立ちあがっても、まったく届きゃしねえよ」

「あっ、鳥さんが巣材にしたのかもわかりませんよ。大集団でやってきて、死角になった保管庫の背後から持ち去ったんですよ、きっと！」

ナンナンはいい思いつきだと思ったのか、目を輝かせてタイゴに視線を送ったが、タイゴは首を横に振った。

「なくなったのは保管庫の手前の干し草でも奥の干し草でもなく、中間部の干し草だったんだ。鳥が持っていったのなら、奥の干し草がなくなっているはずだが、そこはぎっしり詰まっていただろう。よりによって中間部の干し草が盗まれたのはなぜか、というのがポイントその三だ」

ナンナンが不満げに口を尖らせた。

「ボクにダメ出しして事件解決のためのポイントをあげるばかりじゃないですか。タイゴさんは誰が怪しいと思うんですか？」

「オレはシカたちを疑っていた。運びこんだふりをして、実は運びこんでいなかったのではないか。ルサの話を聞くまでは、そんな可能性もあるんじゃないかと考えていた。なんらかの理由で、干し草を保管庫に運びこめなくなった。たとえば、野火で干し草が燃えてしまったとか、十分に乾ききらず湿った干し草しかできなかったとか。そのままでは、運搬係としての責任を問われる。だから、失態をごまかすために、仲間で口裏を合わせたんじゃないか、とな。ところが、運搬当日の仲間は気心の知れたサンバーばかりではなく、急にかき集めた他のシカもいたようだ。入れ替え作業にはアーニーも加わっていたという。だとしたら、この考えはありえねえ」

「そうだ」ナンナンが右の前足をすっと挙げた。「よい考えを思いつきました。タイゴさんのお知り合いの祈禱師さんに占ってもらってはいかがでしょう」

「ダッドのことか？　やめておけ。時間の無駄だ」

「でも、ルサさんはお祓いをしてもらったら、悪寒が治まったって言っていましたよ」

「おまえ、ちゃんと話を聞いていたか？　当時、サンバーたちの間では風邪が流行っていたそうじゃないか。ルサも風邪だったが、体格がよかったので抵抗力があって、それまでなんとか持ちこたえていたんだろう。ダッドはおおかたルサの症状をひと目で見抜いたうえで、ウワバミの霊が憑いているとでまかせを言った。そのうえで、お祓いと称して、ケイヒやクズの根、シャクヤクなどの薬草を焚いたに違いねえ。それらの薬草は風邪の引きはじめには効くから、いぶした煙を吸ってけろっと治ってしまったわけさ。祈禱なんてものを受けにいくヤツは、はなから霊感を信じたがっているんだ。だから、簡単に騙されてしまう」

「ガーン、ショックです。ボクも今度、恋愛運を占ってもらおうと思っていたのに……」

うなだれるナンナンを相手にせず、タイゴは前を向いた。いつのまにかディアプレインに入っており、周囲には数種類のシカの姿があった。

近くにいた若者のアカシカに声をかける。

「ちょっとそこのあんた、ちょっといいかな。オレたちは探偵で、ある事件を調べているんだ。四ヵ月ほど前にルサというサンバーが、干し草を運搬する獣手《ひとで》が足りないと、この地で運搬係を募集したのを知っているかい?」

「あ、それなら、いい獣物《じんぶつ》を紹介できます。ちょっと待っていてください」

若シカはその場から元気に走り去ると、しばらくして妙齢の雌《おんな》のアカシカを連れてきた。

「ボクの母です。母はあのときルサさんからの求獣《きゅうじん》に応募したんです」

突然息子に呼びつけられて困惑していた母シカは、探偵から説明を聞き、なぜ自分が呼ばれたかを知った。母シカは一転、不機嫌な顔になると、一気にまくしたてた。

「そういうことだったのかい。ああ、あのときアタシも応募したんだよ。アタシャ、ご覧のとおり、ガタイはいいほうでね、それで審査に合格したのさ。あの日は集合が夜中の零時というとんでもない時間でね、アタシは夕方早目に休んで、集合時間の三十分くらい前に起きたね。そして出かけようとしたとき、何者かがアタシに頭からぶつかってきたんだ。アタシャ頭を激しく打って脳しんとうを起こしたらしく、数時間、気絶していたんだ。ふとワレに返って、ふらつきながら集合場所まで行ってみると、あとの祭りさ。運搬係はもう出発したあとだった」

「何者かが、あんたが集合場所へ行くのを妨害した、と」

「運搬係には謝礼がいただけるって話だったからさ、やっかんだ誰かがアタシを襲って、アタシになりかわったに違いないよ」

「そいつは真正面からあんたに頭突きを食らわせたわけだな。だったら、犯獣の顔を見ているんじゃないのかい？」

「見たことは見たよ。ただ、真夜中のことだったし、あまりに突然だったので、はっきり覚えていないんだよ。確かなのは、妙に顔の長いヤツだったってことだ」

「顔が長い！」すぐにナンナンが反応した。「それじゃあ、シカではなく、ウマかロバだったんじゃないですか？」

「いや、倒れる直前に向こうの蹄《ひづめ》が見えたけれど、ちゃんとふたつに割れていた。ウマやロバは蹄が割れてなくて、ひとつにつながっているから、すぐわかるよ。ふたつに割れてはいたけれど、なんだかがっしりした足でね。一瞬、ウシの仲間じゃないかという考えが浮かんだくらいだったよ」

「でも、ウシさんではないんですね？」

「違うね。ウシの仲間とシカの仲間では体臭が異なるもの。あのとき嗅いだのは、シカの体臭だった。鼻には自信があるんだ。信じておくれ」

「ロバにウマにラクダにウシにシカ……」

タイゴがぶつぶつとつぶやきはじめた。

「タイゴさん、どうしたんですか？　やはり草食獣さんたちが共謀して、犯行におよんだんですか？」

「そういうことか！」タイゴがナンナンを無視して叫んだ。「ようやくからくりがわかったぜ！」

8

「タイゴさん、本当にわかったんですか？」

「たぶんな」

「だったら、犯獣《はんにん》が誰だか教えてくれてもいいじゃないですか？」

「ダメだ。そのかわり事件解決のためのポイントその四を教えてやる。現場付近でいろんな草食獣たちが目撃されたのはなぜか？」

「ロバさん、ウマさん、ウシさんたちのことですよね？」

「ラクダという証言もあったぜ」

「やっぱりその獣《ひと》たちが共謀したんでしょ？」

「違うな」

「さっぱりわかりません。降参です。お手あげです。焦らさずに教えてくださいよ」

「現場に着いたらちゃんと説明してやるから、それまで自分のおつむで考えてみろ」

ナンナンはいくら考えても答えを思いつかなかった。でも、答えは早く知りたい。それならば、一刻も早く食糧保管場に到着すればよい。ナンナンは気が急《せ》いてしかたがなかったけれど、己の鈍足ぶりは呆れるばかりだった。全速力で四足走行を続けるうちに、鼻先には汗が浮き、ぜいぜいと息が切れてきた。ナンナンはふがいなくて仕方がなかった。

「おや、探偵さんたち、なにかわかったのかな？」

ようやく第二十八食糧保管場に着いたとき、ナンナンの心臓は悲鳴をあげていた。びっくり仰天して探偵たちを見つめるアーニーに、タイゴが要請した。

「このツートーンカラーに水を恵んでやってくれねえか。ディアプレインからここまで駆けてきて、息も絶え絶えのようだ。ここでお陀仏《だぶつ》されてしまったら、指導役としての責任を問われるかもしれねえからな」

「えっ、犯獣がわかったのかね！　それよりも、まずは水じゃな。ちょっと待っておれ」

アーニーは保管庫の脇《わき》にあった桶《おけ》から水をごくりと飲むと、二頭《ふたり》のところへ戻ってきた。そして、反芻胃《はんすうい》に溜めた水をナンナンの顔へ吐《は》き戻す。

「わわわっ、いくら喉が渇いているからって、これはあんまりですよ」

「なんだ、思ったよりも元気じゃないか」タイゴが笑う。「じゃあ、さっそく事件の真相を解き明かそうか」

「お願いします！」

「ワシからもお願いしたい。さあ、教えてくだされ」

後輩探偵と依頼獣《いらいにん》から熱い眼差しを浴びせられ、タイゴはひとつ咳払いをした。

「最初に今回の犯獣を明かしてしまおう。犯獣はキマイラだ」

「キマイラって……」ナンナンが目を丸くする。「やっぱりラバのミュールさんの犯行だったんですか？」

「違うな。あいつはここへ近づいたこともないと思う」

「じゃあ、まさか干し草泥棒はタイゴさんだったんですか？」

「おまえはバカか！」

ライオンとトラのキマイラが気色ばむのを見て、ナンナンは両前足を頭の上に掲げた。

「違います、違いますよ。タイゴさんがそんなことをするはずがないのは、よくわかっています。でも、だったら、キマイラって誰のことを指しているんですか？」

「焦らずによく聞け。順に説明してやるから。シカたちが運搬係として任務を果たしたのと同じ頃、いくつか不審獣《ふしんしゃ》の目撃情報があったな。まずアネーが、四ヵ月ほど前、一頭《ひとり》の草食獣を目撃した。アーニー、おまえさんは聞いているか？」

「ああ、報告を受けた。うとうとしていたら、ロバが近くまで来ていたらしい」

「ああ、アネーはそいつの尻尾を見て、ロバじゃないかと思ったそうだ。同じ頃、夜間警備員のタマスも見慣れない草食獣を目撃している」

ナンナンがそのときのタマスの発言を思い出す。

「居眠りをしていたら、ペガサスの夢を見て、目を覚ましたら、すぐそこにウマの長い顔があった。そう言っていましたね」

「そのとおり。タマスはそいつの顔を見て、ウマだと思ったようだ。ルサの証言を覚えているか？　全員で干し草を押しこんでいたとき、前方にいたシカの首が……」

「ラクダのように太かった！」

「そうだ」タイゴは小さくうなずき、「さらに今日、アカシカの母親も重要な証言をしてくれた。母親を襲った不審な草食獣の足はウシのようだった。でも、体臭は明らかにシカだった、と」

「ちょっと教えてください」ナンナンが先輩探偵に問いかける。「タイゴさんはアネーさん、タマスさん、ルサさん、アカシカのお母さんが見た草食獣が同一獣物《じんぶつ》だとおっしゃるんですか？」

「そうだ。目撃されたのはいずれもおよそ四ヵ月前だし、いずれも干し草の周辺で見られている。同一獣物だと考えていいんじゃないか。ところがそいつは奇妙なことに、目撃獣《もくげきしゃ》によって見え方が違う。整理すると、顔はウマ、首はラクダ、足はウシ、尻尾はロバ、でも体臭はシカ、そういうことになる」

「なるほど、キマイラじゃな」アーニーが目を丸くした。「しかし、まさかあんたは伝説上の生き物が干し草を盗んだなんて言うんじゃなかろうな」

「さすがに伝説上の生き物には犯行は無理だぜ。でも、犯獣はある意味、伝説の動物ではあるな。では、その正体を明かすとするか。要するに干し草泥棒はシフゾウだったわけだ」

タイゴは心持ち声を張ったが、ギャラリーの二頭はぽかんとしていた。ややあって、ナンナンが口を開いた。

「その獣の名前は聞いたことがないですけど、ゾウの一種なんですか？」

タイゴが語勢を強める。

「違う！　ウマとラクダとウシとロバのいずれにも似ながら、そのどれでもないという意味で、四不像《しふぞう》。れっきとしたシカの一種だ！」

「ああ、なんか聞いたことがある」アーニーが記憶をたぐった。「そのシカ、ヒトのせいで絶滅したんじゃなかったかな？」

「思い出したか。そう、野生状態では一度絶滅したと言われている。ところが、ヒトが動物園という場所で飼っていた数頭が生き延び、そいつらがもともと住んでいた場所に戻されたんだ。シフゾウたちはその後、細々と生き延びていたが、再び絶滅の危機に瀕《ひん》しているはずだ」

「ポイントその四、『現場付近でいろんな草食獣《にん》たちが目撃されたのはなぜか？』の答えは、キマイラのような動物が犯獣だったからですね。でもタイゴさん、そんなマニアックな動物をよく知っていましたね」

ナンナンが感心すると、タイゴはふうと溜息をついた。

「あのなあ、シフゾウはおまえと同じ中国出身で、これまたおまえと同じく珍獣と呼ばれていた。オレよりもおまえのほうが知っていて当然なんだぞ」

「無知ですみません。もっと世界の動物のことを勉強します。ところで、まだわからないことだらけなので、教えてください。犯獣がシフゾウさんとして、群れで保管庫へやってこられたのでしょうか。いつどうやって干し草を盗むことができたのでしょうか？」

「盗獣《ぬすっと》はたった一頭だったはず。単独犯だな。やつは実に巧妙な方法で保管庫への侵入に成功した」

「たった一頭で、あれほど大量の干し草を盗み出したというのかな？」アーニーが疑問を呈《てい》した。「ワシにしろ、アネーにしろ、タマスにしろ、一トンもの干し草が盗まれるのに気づかないほど迂闊《うかつ》ではないつもりだが」

「そうだな。単独犯で一度にあれだけの干し草を盗み出すならば、相当に時間がかかるだろう。タマスはときおり居眠りをしていたようだが、さすがにそんなに長い間、気づかなかったとは思えない」

「そうじゃろう。ワシも暇すぎてときどきうつらうつらするけれど、ぐっすりと熟睡するわけではない。怪しい気配を感じれば、目が覚めるはずじゃ」

「ああ」タイゴは警備員の主張を認め、「実は、タマスは犯獣の気配に気づいていたようだ。あいつはこう証言した。『周囲がしんと静まりかえった丑三つ時、微かな音の気配といったものを感じることがある』と」

「たしかにそうおっしゃっていました」ナンナンがうなずいた。「あれが犯獣だったんですね。そのときシフゾウさんはどこでなにをしていたんですか？」

タイゴは右前足をあげ、すっと第四保管庫を指差した。

「保管庫の中だ。この中で干し草を食べていたんだよ。その音が壁越しに微かな音となって聞こえていたわけだ。シフゾウは干し草を外へ盗み出したわけではない。保管庫の中で盗み食いをしたんだ。おそらく昼間にも食べる音はしただろう。しかし、昼間は周囲にさまざまな音が満ち溢《み あふ》れている。保管庫の中の音は小さすぎて、アーニーもアネーも気づかなかったんだな。ポイントその一、『これほど大量の干し草をどうやって盗み出したのか』の答えは、食べたが正解だ」

ナンナンは唖然《あぜん》とした顔で、「その盗み食いの犯獣は、いつ保管庫の中に入ったんですか？」

「入る機会はあった。シカたちが干し草を運びこんだときのことを思い出してみろ。シフゾウはディアプレインでアカシカの母親を気絶させ、代わりに運搬係の一員となって、第二十八食糧保管場までやってきた。そして、スクラム体勢の最前列に潜りこみ、干し草を押した。二十頭のシカとアーニーが力を合わせて干し草を押し入れたとき、シフゾウは干し草の中に潜りこんだんだ。その後、アーニーが閂をかけた。あの場でルサがすぐに点呼をすれば運搬係が一頭足りないことはわかったかもしれないが、ルサはすぐにダッドのところへ向かわねばならず、確認しなかった。そもそものときの運搬係はメンバーを急募してできた混成部隊だったため、誰もシフゾウが交じっていることに気づかなかったし、いなくなったことにも気づかなかったんだな」

ナンナンはタイゴの推理を頭の中でしっかり吟味した。

「ほんとうだ、理屈は通っていますね。ポイントその二、『密室状態の保管庫にどうやって入ったのか』は、密室が開けられたときにどさくさにまぎれて忍びこんだ、が答えですね。あれ、でもシフゾウさんが中に入ったのは四ヵ月前ってことですよね。いつ、どうやって出たんですか？」

予想どおりの質問だったのか、タイゴはにやりとした。

「外に出る機会は二度あった。一回目は一昨日、ウマたちが干し草を運んできたときだ」

「しかし、あのときは中には誰もいなかったぞ」

アーニーの指摘に、タイゴは相変わらず余裕でうなずく。

「そして、二回目は昨日、オレたちが保管庫の中を見せてもらったときだ」

「そのときにも誰もいませんでしたよ」

ナンナンの反論も、タイゴは軽く流した。

「ああ、あのときは、まさか中に誰か潜んでいるとは思わず、見逃してしまった。しかし、保管庫の中には草食獣のにおいが漂っていた。なぜか？　シフゾウがそのときまだ中にいたからだよ。二回外へ出るチャンスがあったのに、出ていない。ということは、シフゾウはまだこの中に潜んでいるに違いない！」

「そんな……」ナンナンはしばし絶句した。「シカさんたちが干し草を運び入れたのは四ヵ月も前ですよ！　その間、ずっと保管庫の中にいたなんて、信じられません」

「論より証拠。アーニー開けてくれ」

「わかった。さっそく開けて、確かめてみよう」

アーニーが角で門の横木を外し、タイゴとナンナンが両開きの左右のドアをそれぞれ持って引いた。第四保管庫は昨日見たときとようすが変わらなかった。干し草は手前まで詰まっており、一見したところ、なくなっているようには見えない。タイゴを先頭に三頭は干し草をかき分けて中に進んだ。しばらくすると、がらんとした空間に出た。

タイゴが奥に向かって呼びかけた。

「シフゾウよ、あんたが干し草の中に隠れていることはわかっている。もう隠れる必要はない。さあ、出てきてくれ」

すると、奥の干し草の山が崩れ、顔が長く首と足が太い灰褐色の動物が姿を現した。かなりの高齢で、一般の草食獣に比べて、ずいぶん肥えているように感じられた。

「よくワタシがここにいたことがわかりましたね」その動物が名乗る。「シフゾウのデヴィです」

「デヴィか。オレとこのツートーンカラーの坊やは探偵だ。ここを警備しているアーニーから干し草がなくなっていると相談され、オレたちはあんたの犯行であることを突きとめた。あんたがなぜここにいるのか、その経緯を話してもらえるかな」

「はい」デヴィは力なくうなだれると、たどたどしい口調で話しはじめた。「ワタシたちシフゾウは中国のとある盆地で細々と暮らしてきました。ところがなかなか子孫に恵まれず、獣口《じんこう》は減るばかり、いつしか、ワガ一族は、ワタシと夫の老夫婦二頭《ふたり》だけになってしまいました。ワタシはもう二十二歳。もはや子どもを授かることのできる年齢ではありません。ワガ一族はやがて死に絶える運命にあるのです。ワタシたち夫婦は最期のときを暮らし慣れた盆地で迎えるつもりでした。ところが中国は一年近く前、未曾有《みぞう》の水害に襲われ、あたり一面が水没してしまったのです。そのとき中国に住んでいた多くの動物が新天地を求めて西へ西へと移動しました」

「知っています」ナンナンはいつしか涙ぐんでいた。「ターキンさんたちも同じ理由でこちらへ移住されてきたそうです」

「はい。ワタシたち夫婦もターキンの群れに紛れて、移動してきました。しかし、長距離の移動はワタシよりも年長だった夫には厳しかったようです。夫は長旅の途中で体調を崩し、あれよあれよという間に衰弱死してしまいました」

デヴィの話を聞いて、ナンナンが目を潤ませた。自分の母親のことを思い出したのだ。

デヴィの身の上話が続く。

「いっそのことワタシもそこで命を断とうかとも考えましたが、神からいただいた命を自分で断つ決心はつかず、ついにこの地へたどり着きました。動物というのは現金なものですね。この前までいつ死んでもいいと思っていたのに、いざとなると一日でも長生きしたくなるものです。こちらに来てからはどうも食事が口に合いません。故郷の盆地で食べていた草とは味が違うのです。いつ死んでもおかしくないババアがなに贅沢《ぜいたく》なことを言っているんだとおっしゃるかもしれません。でも、いつ最後の晩餐《ばんさん》になるかもしれない食事だからこそ、おいしいものをいただきたくなるのです」

デヴィはいったん話を中断し、深呼吸をした。そして再び語りはじめた。

「そんなとき、ターキンたちがはるばる故郷から運んできた草がこの食糧保管庫に収められているという噂を聞き、居ても立ってもいられなくなりました。どうにかしてひと口だけでも食べさせてもらえないものだろうか。そんな思いでこちらへやってきたのですが、昼も夜も警備員さんがいらっしゃって、近寄れません。試しに警備員さんが居眠りしているときにそっと近づいてみたのですが、気づかれてしまいました。そんなときです。シカたちが干し草をここへ運びこむと聞いたのは。シカが運搬係になるのなら、もしかしたらワタシもまぎれこめるかもしれない。そう考えてデイアプレインへ行ったところ、すでに運搬係の獣選《じんせん》は終わってしまっていました。それでも諦めきれなかったワタシは、アカシカさんを襲って強引に運搬係にまぎれこんだのです。あのときのアカシカさんには本当に申し訳ないことをしたと反省しています。そうして運搬係の一員となったワタシは……」

「ストップ」タイゴが割りこむ。「あんたがどうやってこの保管庫に侵入したかはわかっている。そこは省いて、保管庫に入ってからの生活について教えてくれ」

「さようですか。それではご要望に応じて。ここに侵入したワタシは毎日天国にいる気分でした。故郷の草を一日中思う存分食べまくることができたのですから。あれからどのくらい経ちましたか？　ずっと保管庫の中にいて、月日の感覚がなくなってしまいました」

「四ヵ月ですよ！」ナンナンはそう答えると、視線をタイゴに向けた。「『よりによって中間部の干し草が盗まれたのはなぜか』というポイントその三の答えは、中間部にシフゾウさんの好物の干し草があったからですね」

「ああ」タイゴがうなずく。「そういうことになるな」

ナンナンは見開いた目をデヴィに向けた。

「あなたがそれほどでっぷりしているのは、四ヵ月もの間毎日食べまくっていたせいですね？」

探偵の失礼な質問も、デヴィは笑って受け止めた。

「はい、おっしゃるとおり。ここへたどり着いたときにはガリガリだったのに、信じられない変わりようです」

「ここからは脱出しようと思わなかったんですか？　ここに居続けたら、いずれは発見されてしまうでしょうに」

意味がわからないと言わんばかりのナンナンに、デヴィは自嘲《じちょう》の笑みで応じた。

「最初のうちは、どうやってここから出るかを考えて、たしかに暗い気持ちになったりもしていました。でも、いつからか、もうどうでもいいやと思うようになりました。それでもただ見つかるのは嫌ですから、誰か入ってくる気配がしたら――閂を外す音でわかります――干し草の中に隠れました。ちなみに溜まった糞はまとめて、外に捨てました。知っていますよね、この保管庫、背後の壁が壊れていて、いきなり崖になっているんです。水を飲みたくなったときも、雨の日に壁の壊れたところから首を出して飲んでいました。考えてみると、恵まれた四ヵ月でした。崖の下には飢えた老獣《ろうじん》たちがたくさんいるというのに、ワタシは腹いっぱいに食べることができたんですから」

デヴィの長い告白が終わった。タイゴが依頼獣に向き直る。

「さて、アーニーよ、事件は解決した。さて、これからどうしたものか。警察に連絡して、デヴィさんを引き渡すか？」

「そうさなあ」アーニーはしばし思案し、「最後の一頭《ひとり》になってしまったこの獣《ひと》を警察に突き出すのは気が咎めるな。アカシカにはちゃんと謝ったほうがいいと思うが、干し草については別にいますぐ必要なものでもないし、放っておいたら廃棄していたはずのものだ。ワシとしては別に罪に問わなくてもかまわない」

「オレとしては調査費さえもらえれば、別にどうだってかまわねぇ」

「ちなみに調査費はいくらかな？」

上目遣いでうかがいをたてるアーニーに、タイゴが小声で金額を耳打ちした。

「それはワタシに払わせてください」デヴィが大きく膨れた腰のポシェットに前足をのばして、申し出た。「夫の残した財産もまだ残っていますので」

「じゃあ、この事件のシメはナンナン、おまえに任せるぜ」

「よかった、よかった」ナンナンが目をきらきらと輝かせて宣言した。「今回の一件、デヴィさんはシロ！」

第三話　アッパーランド暗殺事件

第三話　登場獣物《じんぶつ》紹介

ナンナン――――ジャイアントパンダの若雄《わかもの》。新米探偵
タイゴ――――ライオンを父に、トラを母にもつライガーの探偵

〈事件の重要関係獣《しゃ》たち〉
ボノ――――高齢で真っ白な体毛のチンパンジーの大統領。暗殺される
ベリング卿――アフラシア共和国の国防長官。雄《おとこ》のゴリラ
ブーン卿――――社会党党首。マントヒヒの老雄《ろうじん》

ジャッキー――――おしゃべりなコクマルガラス。遺体の第一発見鳥《しゃ》
アギラ――――航空警察隊のボス。昼間の空の警備担当。イヌワシ
ブボ――――夜の空の警備担当。ワシミミズク
セロ――――ブーン卿の用心棒。ゲラダヒヒ
ベネ――――保育園の園長。セント・バーナード
ダッド――――バーバリーシープ。カプリ教の教祖

ミンミン――――レッサーパンダの美獣《びじん》警部
フォクシー――――右耳の欠けたキツネの刑事
ルパス――――顔に傷跡のあるオオカミの刑事。タイゴと因縁がある

1

時が経つのは早いもので、ナンナンがアニマ探偵事務所に就職してから、まもなく半年になる。

ここ数ヵ月、アフラシア共和国には不穏な空気が流れていた。海の向こうの大アメリカ帝国が領土拡大を狙《ねら》ってアフラシア共和国に攻めこんでくるという噂《うわさ》がまことしやかにささやかれ始めたのだ。

大アメリカ帝国はかつてヒトが万物の霊長とうぬぼれていた時代に北アメリカ、中央アメリカ、南アメリカと呼ばれていた地域を領土にしていた。共和制をとっているアフラシアでは一部の特権階級とはいえ枢機院に属する政治家たちの合議で国が運営されているが、絶対君主制をとる大アメリカ帝国ではピューマのクーガ大帝が圧倒的な力を持ち、グリズリー、ジャガー、ホッキョクグマなどの側近たちとともに独裁的に支配していた。クーガ大帝は肉食を是としており、草食動物の獣生《じんせい》は奴隷としてこき使われるか、肉食動物たちの食料になるかという悲惨な二者択一の運命に定められていたのである。

アフラシア共和国の枢機院の動物たちは、大アメリカ帝国と国交を結ぶことには消極的で、これまで海の向こうから全権大使のハクトウワシが訪問してきても、毎回追い返してきた。大アメリカ帝国の顔に泥を塗るようなアフラシア共和国政府の対応に、クーガ大帝の怒りは我慢の限界を超え、いつ武力侵攻してきても不思議ではない、というのが噂の真相だった。この噂を証明するかの如《ごと》く、アフラシア共和国の首都ハイデラバードのアッパーランドに暮らす枢機院議員の政治家たちに脅迫状が届けられるという事態が続いていた。そのため、枢機院の動物たちはピリピリしていた。

ロウワーランドに暮らすアフラシアの一般庶民にとっては、野蛮で残忍な大アメリカ帝国の兵が攻めてきたらどうしようという漠然とした不安はあったが、これまで経験をしたことのない事態であり、まだ現実的な脅威としてはとらえられていなかった。むしろ、いつもは威張りくさっている枢機院の政治家たちが怯えていることを喜びはやしたてるような風潮もあった。

こんな状況の中、アニマ探偵事務所はといえば、最近にわかに忙しくなってきていた。枢機院の意向によって動くアフラシア警察はアッパーランドの治安や政治家たちの安全に関わる任務を優先するため、一般庶民の間で起こる事件がおろそかになってしまうのだった。その分、探偵事務所への依頼が増えていたのだ。

ナンナンは先輩探偵のタイゴに今は亡き警察官だった兄の面影を重ね合わせてアニキと慕っていたが、一匹狼を信条とするタイゴのほうは不器用な新米探偵を足手まといに感じていた。それでも、所長のロックスがタイゴに新米の教育係を命じ、なにかにつけてナンナンをアシスタントにつけるので、二頭《ふたり》はまるで相棒のように一緒に行動することが多かった。

しかし、そのときタイゴは一頭《ひとり》で調査に当たっていた。複数の事件が重なり、タイゴとナンナンは分かれて行動したのだ。ナンナンが受け持ったのはシマリスが依頼獣《らいにん》として持ちこんだクルミの盗難事件だったが、幸いこちらは簡単に解決した。一方、タイゴのほうはバーバリーシープの宗教家ダッドから依頼のあった事件に以前からかかりきりだった。

その日の朝十時頃、アニマ探偵事務所にただならぬ来客があった。訪れたのは、顔の左半分を縦断するように引き攣れた傷痕の残るオオカミと右耳の先端がちぎれたキツネの二頭組だった。

「ようこそアニマ探偵事務所へ。どのようなご依頼でしょうか?」

シマリスの事件の報告書を作成中でデスクから顔も上げずに迎え入れたナンナンは、このときようやく訪問客の正体を知り、ことばを詰まらせた。

「あなたたちは……」

「おい、タイゴの野郎はいるか？」

オオカミが野太い声で叫んだ。このオオカミの名はルパス。アフラシア警察の刑事だった。

「下手にかくまったりすると、おめえさんも一緒にしょっぴいてやるから、覚悟しな」

一方、キツネのほうは甲高い声だった。こちらの名はフォクシー。やはりアフラシア警察の刑事である。

「別に隠しているわけじゃありません。タイゴさんはいま外出中で……あ、勝手に入らないでください」

ナンナンの説明にろくに耳を傾けず、二頭は事務所に足を踏み入れようとする。それを阻止すべく、ナンナンは仁王立《におうだ》ちになって両前足《りょうて》を広げたが、ルパスに頭を小突かれると、「おっとっと」とよろけ、体ごと壁にぶつかってしまった。四肢《てあし》が短いわりに頭の大きなジャイアントパンダはバランスが悪いのだった。

壁にぶつかったナンナンは、そのまま床に尻もちをついた。床がドシンと揺れた拍子にデスクの上の花瓶《かびん》が落ち、音を立てて割れた。

にわかに騒々しくなった事務所の異変を聞きつけて、所長室からアフリカゾウのロックスが飛び出してきた。

「ナンナン、いったいなにごとだ！」

鼻息も荒く言い放ったロックスは、ルパスとフォクシーがいるのを知って目を剝いた。

「おや、警察官のあなたがたがどんなご用事ですかな？　なにかわれわれ探偵の手を借りたい事案でも？」

ルパスがロックスの前に進み出た。

「んなわけないだろう。そんなことより、タイゴはどこだ？」

「うちの調査員のタイゴなら、昨日から調査に出ていますが、なにか？」

「いつ戻ってくる？」

「さあ、調査が終われば戻ってくるでしょうが、いつ終わるかまではちょっとわかりかねますな。他に用事がないようならば、お引き取りください」

「なにを、小生意気なアフリカゾウが！」

フォクシーの無礼な物言いに、ロックスが怒りをあらわにした。

「坊や、勝手に事務所に入ってきて、その言いざまはなんだ！　住居侵入罪で訴えるぞ、クソ警官が！　パオーーーーン！」

所長の罵声《ばせい》には慣れているはずのナンナンも耳を塞《ふさ》ぐほどの声量に、フォクシーが震えあがる。ルパスも口をへの字に曲げて、不快そうだった。

と、そのとき事務所のドアが開いた。眠そうな顔をしたタイゴが立っていた。

「所長いったいなんです？　外まで声がダダ漏れですよ」

目的の獣物《じんぶつ》の姿を認めて、ルパスが一転にやりと笑った。

「おお、ちょうどいいところへ戻ってきたようだ」

タイゴもすぐにルパスとフォクシーに気づいた。

「おまえら、どうしてこんなところにいる？」

「きさまに用があるんだよ。タイゴ、きさまを大統領暗殺の容疑で逮捕する」

ルパスが告げるのと同時に、フォクシーが一枚の紙切れを掲げた。

「逮捕状ならこのとおり。裁判所が出した正式なもんだぜ」

タイゴは唖然《あぜん》とした顔になった。

「大統領暗殺容疑だと？　どこからそんなでたらめが……」

「詳しい話は署で聞こうじゃねえか。おとなしくするんだ！」

ルパスが有無を言わせず、タイゴの右前足に手錠の一方の輪っかをかけた。

「やめろ。オレはやってない！」

タイゴは抵抗したが、相手が二頭では分が悪かった。フォクシーに背後から組みつかれ、身動きが取れなくなったところで、ルパスから手錠のもう片方の輪っかを左前足にかけられた。ルパスはそのうえタイゴに手際よく腰縄を結びつけた。

「これでもう暴れられないだろう。さあ、署まで同行願おうか」

ルパスがタイゴを連行すべく、背中を押した。

「しかたない。時間の無駄だが、つきあってやるとするか」

肩をすくめてドアから出ていくタイゴの背中に、ナンナンが「アニキ!」と声をかけた。その両目には早くも涙が浮かんでいた。

「心配するな」タイゴが振り向きもせず、「オレは無実だ。すぐに戻る。それから、オレはおまえのアニキじゃねえ!」

ルパスとフォクシーに追いたてられるようにして、タイゴは事務所から去っていった。

「所長、どういうことでしょうか?」

ドアが閉まるなり、ナンナンがロックスに訊いた。

「ワシにもなんのことだか、さっぱりわからん」

ロックスが頭をひねる。

「ルパスさんは大統領暗殺の容疑って言ってましたよね」

「ああ。たしかにボノ大統領は何者かによって殺害されたようだが……」

「どんな事件だったんですか? 詳しいことを知らなくて」

「無理もない。枢機院が情報を遮断していて、ロウワーランドに暮らすワシらはほとんど事情を知らされていないからな。枢機院には知り合いもいるんだが、向こうも忙しいようで、連絡がとれない状態だ」

「枢機院の政治家へ脅迫状が送りつけられていましたよね。それと関係があるのでしょうか?」

「それについても、情報がないのでなんともいえない。漏れ聞いたところでは、今日の朝、アッパーランドの大統領官邸前の路上で民主党のボノ大統領の遺体が見つかったということだが」

「路上で見つかったんですか」

「第一発見鳥《しゃ》であるコクマルガラスのジャッキーから直接聞いたから間違いない。好奇心旺盛《おうせい》なジャッキーは、枢機院の連中の豪勢な残飯をあさろうと、早朝からアッパーランドに忍びこんだそうだ。そして、大統領官邸前に突っ伏して倒れている獣物を発見した。最初は酔っぱらいが寝ているんじゃないかと思って地上に降りてみたところ、それがボノ大統領で、しかも死んでいたのでびっくり仰天したらしい」

ナンナンはさかんにうなずきながらロックスの話を聞いていたが、ふと小首を傾げた。

「ただ倒れて死んでいただけなら、病気や事故の可能性もあるんじゃないですか? ジャッキーはどうして暗殺だってわかったのでしょう」

「ボノ大統領の遺体は、顔がめちゃくちゃに潰《つぶ》されていたそうだ。病気や事故でないことは明らかだろう」

ナンナンは顔をしかめて、「顔がめちゃめちゃに……。もしかしたら恨みを持った何者かが犯獣《はんにん》ってことですか？」

「情報が少なくてなんともいえないが、そうも考えられる。だが、殺されたのが大統領官邸前ということになれば、ワシら一般獣《いっぱんじん》は立ち入りが不可能だ」

「じゃあ、枢機院の中での内輪もめでしょうか？」

「その可能性が捨てきれないから、枢機院も情報を漏らさないようにしているのではないだろうか。もちろん、特殊技術を習得した大アメリカ帝国の工作員ならば、忍びこむことができるだろうし、下手獣《げしゅにん》候補として最有力だと思うが」

ナンナンはロックスの仮説にうなずきながら、「それにしても、ジャッキーも朝から大変なものを見つけちゃいましたね」

「まったくだ。事件に関する手がかりが残っているかもしれないと思ったジャッキーは、さらにいろいろ嗅ぎ回ろうとしたそうだ。ところが、そこへアギラがやってきて追い払われた、とぼやいていた」

「アギラって誰ですか？」

「イヌワシのアギラを知らないのか。航空警察隊のボスで、かなり横暴な野郎だ。ジャッキーはアギラから緘口令《かんこうれい》を言い渡されたそうだ」

「えっ、それなのに所長にしゃべっちゃったんですか！」

ナンナンが目を丸くした。

「ジャッキーのおしゃべりはいまにはじまったことじゃないからな。行く先々で吹聴《ふいちょう》して回っている。それでいつのまにかロウワーランドにも噂が広がったんだろう」

「そっか」ナンナンがぺろっと舌を出す。「だからボクもボノ大統領が暗殺されたって噂を耳にしたんですね。情報の出どころはジャッキーだったんだ。それはわかりましたが、どうしてタイゴさんが捕まっちゃったんでしょう？」

「わからん。おおかたルパスが鬱憤《うっぷん》晴らしのために、タイゴをしょっぴいたんじゃないかな」

「所長、タイゴさんとルパスさんの間になにかいざこざがあったんですか？　ルパスさんはタイゴさんを目の敵《かたき》にしているような気がするんですけど」

ナンナンが問いかけると、ロックスは目をつぶってうなった。

「タイゴからはなにも聞いていないのか？」

「タイゴさんも昔は警察官だったことがあり、そのときルパスさんと同僚だったとは聞きましたけど、具体的にはなにも……」

「そうか。まあ、自分から身の上話をするような雄《おとこ》ではないからな」ロックスは左右を素早く見回し、声を潜めた。「タイゴを慕っているおまえさんには教えておいたほうがいいかもしれないな。たしかにタイゴはこの事務所に来る前は、警察官だった。しかも、いつもルパスとコンビを組んでいた」

「そうだったんですね」

「タイゴとルパスはアフラシア警察最強のコンビとして鳴らしていた。当時、ルパスには将来を誓い合ったフィアンセがいた。ところが、そのフィアンセというのがとんだ食わせ者で、裏で犯罪組織と繋《つな》がっていたんだ」

「犯罪組織？」

「ああ、違法ドラッグの売買で荒稼ぎしている組織だった。実はルパスのフィアンセは薬物中毒者だったんだな。ところが恋は盲目と言うだろう。ルパスの目はすっかり曇っていた。フィアンセに騙されていたんだな。彼雌《かのじょ》が薬物中毒などありえないと信じこんでいた」

「それで、どうなったんですか？」

ナンナンの瞳は好奇心で輝いていた。

「犯罪組織の一斉摘発がおこなわれることになり、タイゴはルパスとともにアジトに踏みこんだ。そこではルパスのフィアンセが縄で縛られた状態で見つかった。ルパスはフィアンセを助けようと駆け寄ったが、それが罠《わな》だった。フィアンセの背後には組織のリーダーであるクロサイが待ち受けていたんだな。ルパスがフィアンセに近づいた瞬間に、突進してきて角でルパスの顔面を襲った」

「じゃあ、ルパスさんの顔の傷は……」

「ああ、そのときクロサイに突かれたんだ。相棒が瀕死《ひんし》の大けがを負ったことで、タイゴは激怒した。フィアンセがクロサイとグルだと気づいたタイゴは、彼雌の首筋に牙《きば》を突き立てた。さらにクロサイと立ち回りを演じて、取り押さえることに成功した。タイゴの活躍で犯罪組織は壊滅に追いこまれた。作戦は成功したわけだが、計算違いがあった。タイゴはルパスのフィアンセを嚙むときに力を入れすぎたんだ。一時的に戦意を失わせるだけのつもりだったのに、フィアンセはその傷のせいで命を落としてしまったんだ」

「えええ――っ」ロックスの口から飛びだした想定外の真実に、ナンナンは大きくのけぞった。そのままバランスを崩して、ゴロンと床に転がる。ナンナンが転がるのはいつものことで、本獣《ほんにん》も慣れていた。「でも、そのフィアンセの雌《おんな》の獣《ひと》は、悪者だったんですよね？」

「そうだ。とはいえ、殺してしまったのはやりすぎだった」

「でもでも、ルパスさんだってフィアンセさんに騙されて、死にかけたんですよね？」

ロックスは大きくうなずき、「しかし、ルパスは彼雌が自分を騙したとはいまでも思っていないようだ。そう信じたいんだろう。クロサイに強要されて、無理やり悪事の片棒を担がされただけだというのが、ルパスの言い分だ。なにしろ彼雌が死んでしまった以上、事の真相は誰にもわからない」

「でもでもでも、クロサイさんはどう証言しているんですか？」

『ルパスのフィアンセは違法ドラッグ欲しさに、なんでも自分の言うことを聞いた。あの日もルパスを騙して油断させ、自分がとどめをさすつもりだった』――クロサイはそんなふうに証言したが、ルパスはその証言を認めようとしない。ともかく、ルパスの怒りの矛先はタイゴに向くようになった。タイゴは責任を取って警察を辞め、うちに就職した。とまあ、そういうわけだ」

「タイゴさんとルパスさんにそんな過去があったなんて、まったく知りませんでした。今日、ルパスさんたちがタイゴさんを連行していったのは……」

ロックスがナンナンの考えを読んだ。

「個獣《こじん》的な感情が混じっていないとは言い切れないな」

2

「すぐに戻る」と言い残したにもかかわらず、三日経ってもタイゴはアニマ探偵事務所に戻ってこなかった。

その間、ナンナンは、「タイゴさん、大丈夫かなあ」「いつ戻ってくるのかなあ」「いじめられてるんじゃないかなあ」と独りごちながら、気を揉《も》み続けていた。

タイゴが心配すぎて仕事に手がつかないようすのナンナンに、先輩探偵のゼルダがことばをかけた。

「そんなに心配なら、自分で警察に行って、状況を確認してくればいいじゃない」

「えっ、ボクってそんなにわかりやすいですか？」

「ぶつぶつ独り言をつぶやいているのが、アタイの大きな耳には丸聞こえなのよ。気になって仕事にならないわよ」

ゼルダは雌《おんな》のフェネックだった。

「仕事の邪魔をして、ごめんなさい」

ナンナンがぺこりと頭を下げた。と、直角に曲げた額が机の角に当たって、「痛っ！」と声をあげる。こぶができた額を両前足《りょうて》で押さえて顔をしかめる不器用なパンダに、ゼルダは思わず失笑した。

「あんたねえ、どれだけ不器用なのよ。そんなんで尾行とかできんの？」

「尾行はまだ教わっていません。そんなことよりゼルダさん、警察って、ボクが行ったら情報を教えてくれるもんなんですか？」

ナンナンが真剣な表情で訊くので、ゼルダも口調を改める。

「ふつうは無理ね。警察が探偵に捜査情報を漏らすなんて考えられない。でも、だからって手をこまねいていても事態は好転しないわ。知りたい情報はなんとしても手に入れる。それが探偵の信条というものよ」

「そっか、そうですね」ナンナンが瞳を潤ませてゼルダを見つめた。「ボク、当たって砕けろの気持ちで行ってきます！」

「その心意気よ。でも、行く前に、ジャッキーの話くらい聞いておいたほうがいいかもしれない。探偵はどれだけの情報を持っているかで勝負が決まるものよ」

「ありがとうございます、ゼルダさん」

ナンナンが再び深く頭を下げた。危うくまた机の角に頭をぶつけそうになったが、なんとか直前でよけることに成功し、ナンナンは心の中で「よしっ！」と小さくガッツポーズを決めた。


ナンナンはゼルダのアドバイスにしたがい、まずはボノ大統領の遺体の第一発見鳥《しゃ》であるコクマルガラスのジャッキーを訪ねた。話を聞きたいと申し出ると、おしゃべり好きなジャッキーは快《こころよ》く迎えいれた。

「なんでも訊いてちょうだいよ、オレたちツートーン仲間なんだからさ」

コクマルガラスには全身真っ黒なタイプと、頭部と翼、尾羽周辺は黒いが体は真っ白なツートーンタイプの二種類がいる。ジャッキーは後者だったのだ。

「それじゃあ、遺体を発見したときの状況を教えてください」

「そうそう。見つけたのは大統領官邸の前。やっぱ大統領官邸ともなると、豪勢なもんだね。正面のドアが開いていたから内部をのぞいてみたんだけどさ、建物全体が真っ白な大理石でできていて、丸天井にはなにやら絵が描かれ、豪華なシャンデリアが下がっていた。公務にシャンデリアなんか必要なのかね、いったい？　一方で壁際には立派なカーペットが丸めて置いてあった。あるんだったら広げて使えばいいのに、なんだかちぐはぐな感じでさ」

嬉々としてしゃべりはじめるジャッキーに、ナンナンが申し出る。

「あのお、官邸のことはどうでもよいので、遺体の話をお願いします。顔が潰されていたそうですが、ボノ大統領で間違いなかったんですよね？」

「そりゃ、間違いないよ。発見したのは大統領官邸の前だったし、首からＩＤカードを下げていた。それよりなにより、全身が真っ白だったからな」

ボノは高齢のチンパンジーであった。老化によって色素を作る能力が衰えるために、毛の色が薄くなるというのは、動物一般に見られる現象である。とはいえ、ボノの白い毛は際立っていた。全身が純白の体毛で覆われており、それがボノに威厳《いげん》と風格を与えていたのだ。ボノに反対する勢力のなかには、あえて白く染めているのではないかと悪口を言う者もいるほどであった。

「それじゃ間違えようがないですね。ちなみに顔はどんな状態だったんですか？」

「なにか硬いもので繰り返し殴りつけられたみたいだったよ。顔面はすっかり陥没し、血だらけで正視できる状態じゃなかったよ。目玉がどこにあるのかもわからないくらいぐしゃぐしゃでさ。ご自慢の白い毛は真っ赤に染まって……うっ、今、思い出しても、夢に出てきそうだ」

いまいましげに首を振るジャッキーに、ナンナンが食らいつく。

「死因はその顔面の殴打でしょうか？」

「わからんよ。首が変な角度で曲がっていたから、それが死因なのかもしれない」

「なるほど」ナンナンはうなずき、「ジャッキーさんが見つけたとき、ボノ大統領の遺体は死後何時間くらい経っていたのでしょう？」

「難しいことを訊くね。専門知識なんて持ち合わせてないから、たしかなことはわかんないね。でも、遺体はすっかり冷たくなっていたな。ためしに嘴《くちばし》で手足をつついてみたんだが、まだそれほど硬くはなかったな」

ナンナンはまだ事件で死体に出くわしたことはなかった。それでもタイゴから死体現象——死後の体の変化に関するさまざまな現象のこと——についてはひととおり教わっていた。

「体温はなかったけれど、死後硬直はまだ全身まで及んでいなかった。とすると、死後四、五時間というところでしょうか」

ナンナンが耳学問の成果を披露すると、ジャッキーは感心して目を白黒させた。

らうかな」

「へえ、そんなものなのかい。あんた、なかなか物知りだね。物知りパンダと呼ばせても

「そんな。やめてくださいよ」ナンナンは照れながら、「ジャッキーさんが遺体を発見したのは何時頃でしたっけ？」

コクマルガラスが首を傾げた。

「それを話す前に知っていてほしいことがある。アッパーランドってところはセキュリティが厳しくてな。地上から入るには高さが四メートル、厚さが一メートルもある頑丈な塀を乗り越えなければならないし、塀の上には夜間、数メートルおきにガラガラヘビが配置されている。クーガ大帝はヘビを見下していて、大アメリカ帝国ではガラガラヘビは虐げられていたらしい。それでアフラシア共和国に亡命してきたそうだ。ヤツらは侵入者を発見したら、容赦なく咬みついて猛毒を注入するので、夜間の侵入は特に危険だ。川をさかのぼってアッパーランドの領域に入ることは可能だが、上陸したところにはやはり塀が待ち受けているから同じこと。それに比べたら、空からの侵入のほうが楽だと思う。空からの侵入を防いでいるのは、航空警察隊の連中だ」

「アギラさんでしたっけ？」

ナンナンが合いの手を入れると、ジャッキーはうなずいた。

「よく知ってるな。そう、日の出から日没まではイヌワシのアギラをはじめとして、ハヤ

ブサやフィリピンワシなど総勢二十羽《にん》の屈強な精鋭部隊、アギラ隊が空からアッパーランドへの侵入を阻止するために、目を光らせている。日没後はブボ卿という名のワシミミズクの枢機院議員が夜通し巡回している」

「夜はワシミミズクが一羽《ひとり》だけなんですか？」

「そうだ。オレを含む多くの鳥は夜目が利かないので、夜間、空から侵入するヤツがいるとしたら、フクロウ類などの一部の鳥か、コウモリ類くらいのもの。ブボは夜の猛禽《もうきん》で最強といわれるワシミミズクの中でも、群を抜いてでかくて強い。強力な爪はムササビやモモンガだってひとつかみで殺せる。ブボ卿が睨《にら》みを利かせているとわかっていれば、誰もアッパーランドに侵入しようなんて思わんよ」

「だったら、どうやって入ったんです？」

「ブボがアギラ隊と交替する早朝の薄暗いときを狙ったんだ。そのタイミングならば監視の目に隙ができるからな」

「やりますね、ジャッキーさん！」

賞賛の目で見つめるナンナンに、ジャッキーはえっへんと胸を張った。

「アッパーランドのゴミ捨て場に到着したとき、ちょうど東の地平線から太陽がのぼってきたのを覚えている。回り道になってしまったが、先ほどの質問に答えるなら、遺体を発見したのは日の出の時刻、つまり、五時半頃だ」

「なるほど。ジャッキーさんがボノ大統領の遺体を発見したのは五時半頃。ボクの見立てが正しいならば、大統領が殺されたのはそれから四、五時間前ですから、大まかに深夜零時半から一時半頃ということになります」

「さすが、物知りパンダだな。つまり、大統領は真夜中に殺されちまったわけだな」

「お願いですから、その呼び方はやめて、ナンナンと呼んでください。ともかく、ボノ大統領はそんな夜中になにをされていたんでしょう？」

「お偉いさんの考えなんてオレには見当もつかないが、年寄りはふつう夜は早めに寝てしまうもんだ。特にチンパンジーは昼行性だから、本来ならば夢の中だったはず。よっぽど重要な用事があったんだろうな」

「いろいろと教えていただき、ありがとうございます」

ナンナンが礼を述べると、ジャッキーは翼でナンナンの肩を軽く叩いた。

「いいってことよ、ナンナン。また、知りたいことがあったら、なんでも訊いてくれ」

「でも、アギラさんから口止めされているんでしょ？」

「ああ、アッパーランドから出るときに見つかっちまってな。でも、平気だ。警察が怖くて残飯あさりなんてやってられるか。何獣《なんぴと》たりとも、オレのおしゃべりは止められねぇ」

ジャッキーがそううそぶいたとき、あたりがいきなり暗くなった。太陽が雲に入ったかな、と空を見上げたナンナンの目が予期せぬものをとらえた。巨大な鳥がナンナンとジャッキーのほうへ急降下してきていたのだ。

「ジャッキーさん、あれ！」

ナンナンが指さすのと、ジャッキーが叫ぶのはほぼ同時だった。

「なんてこった。アギラじゃねえか！」

噂をすれば影とはまさにこのことだった。巨大なイヌワシ、アギラはあっという間に地上すれすれまで降りてくると、鋭い爪を備えた強力な趾《あしゆび》でナンナンとジャッキーをむんずとつかみ、そのまま空へ持ち上げたのである。

「おい、放せよ！　なにするんだよ、このイヌワシ野郎！　オレがなにしたって言うんだよ？」

文句たらたらのジャッキーを、アギラがせせら笑う。

「口外しないようにと忠告したはずだ。それなのに、ペラペラペラペラと好き放題しゃべりやがって。機密情報漏洩《ろうえい》罪で現行犯逮捕だ。そしてパンダ、おまえはそれに加担した罪だ！」

ナンナンはアギラのことばになにも言い返すことができなかった。というのも、いきなり地上百メートルの空中まで持ち上げられて、ナンナンは気もそぞろだったのである。高所恐怖症のタイゴのアニキだったら、きっととっくに失神していたに違いない。そんなことをぼんやり考えながら、ナンナンは決して地上を見ないように、強くまぶたを閉じていた。

3

ナンナンとジャッキーはミドルランドにある警察署の隣に併設された留置場の雑居房に入れられた。ヒトという動物がかつて造った動物園という施設を再利用した場所だった。動物を展示していた檻《おり》がそのまま雑居房や独居房に転用されている。

しょげかえるジャッキーの隣で、ナンナンは物珍しそうに周囲を見回していた。そして、興味深そうに鉄格子に目を近づけた。

「ジャッキーさん、見てください。檻の鉄格子って垂直の方向にしか伸びていないかと思っていたら、外側に金網が張られているんですね。ネズミさんとかハムスターさんなら脱け出せるんじゃないかと思ってましたけど、これじゃ無理です」

「こんなときによくものんきなことを言っていられるなあ。格子が外れていて脱走できるというのならまだしも、金網で補強されていることに感心してる場合じゃないだろう。物知りパンダの探求心がうずくってか？」

「落ち着きましょう、ジャッキーさん。そういえば、お腹が空いたなあ。留置場の夕食ってどんなんでしょうね？　やっぱり臭い飯なのかなあ」

「ナンナン、おまえの能天気ぶりには呆れるわ、まったく」

このとき、二頭《ふたり》が収容された檻へ近づいてくる者がいた。ナンナンも知っているフォクシーだった。フォクシーはナンナンの姿を見て、にやりと笑った。

「おい、クソパンダ小僧。腐れライガーに続いておまえも逮捕されたんだってな。あの探偵事務所は犯罪獣《はんざいしゃ》の溜まり場になってんじゃねえのか。これから取り調べてやる。出てきな！」

フォクシーが檻の鍵を開けた。鉄格子がはまったドアから、ナンナンが出てくる。ジャッキーも続こうとしたが、フォクシーに止められた。

「きさまの取り調べはあとまわしだ。まずはクソパンダ小僧から。さあ、来い！」

外に出ると留置場全体が見渡せた。広い敷地のそこかしこに檻がある。かつてこの動物園では三十種類ほどの動物が飼われていたという。つまり、檻の数もそれだけあるということだろう。

「もしかして、タイゴさんもここに収容されているのですか？」

ナンナンが問いかけると、フォクシーが片方の口角を引き上げた。瞳には残忍な光が宿っている。

「もちろんだ。ついでだから、お仲間の姿を拝んでいくか？」

「いいんですか？」

「別にかまわんぜ。こっちだ」

ナンナンはフォクシーのあとについて、広い留置場の敷地内を進んだ。檻の前を通り過ぎるたびに、収容されている動物たちが目に入る。ヒョウ、カワウソ、クズリ、レイヨウ、シマウマ……さまざまな動物が入れられていた。檻の中をぐるぐると歩きまわっている者、鉄格子に顔を押しあてて目で訴えかけてくる者、ただ呆然《ぼうぜん》と遠くを見つめている者……収容された動物たちの行動はさまざまだったが、どの動物も寂しげで哀《あわ》れだった。きっと動物園という展示施設に入れられた動物たちも同じような表情をしていたのだろうな、とナンナンは想像した。

やがてフォクシーはナンナンを奥まった一角へ連れていった。暗くじめじめした場所に、四つの檻がかたまって設けられていた。他の檻よりも太い鉄格子がはまっている。

「きさまのお仲間はあそこだ」

フォクシーがひとつの檻を指差した。その指の先をたどってみると、りっぱなたてがみを持つ獣物《じんぶつ》が横たわっていた。

「アニキ!」

ナンナンが駆け寄り、叫ぶ。すると、その獣物はゆっくり顔を上げた。目の周りに黒く痣《あざ》ができ、瞼《まぶた》は腫《は》れていた。口《くち》の端《はし》も切れて血がこびりついている。風貌は一変していたが、タイゴに違いなかった。

「ナンナンか……オレは大丈夫だ。ここはおまえの来るところじゃない。帰れ……」

苦しそうにそれだけ告げると、タイゴは再び顔を伏せて横たわった。いつもだったら、アニキと呼ばれると怒るのに、その気力すらなさそうだった。むごたらしいタイゴの姿を見て、ナンナンの目に涙が湧いてきた。

「タイゴさん、拷問を受けてるんじゃないですか？　被疑者の段階では推定無罪の原則が適用されるべきなのに、おかしいじゃないですか！」

ナンナンが泣きながらフォクシーに詰め寄る。それでもフォクシーは涼しい顔をしていた。

「取り調べをおこなっているのは、ルパス先輩だからなあ。オレに文句を言われても困るんだよな。お仲間の心配をするのもけっこうだが、きさまは自分の心配をしたほうがいいんじゃないのか。取調室まで来てもらおう。こっちだ」

涙目でタイゴを心配そうに見やるナンナンを無理やり引きはがし、フォクシーは敷地の一角にある建物のほうへと連れていく。

途中に檻ではなく、広場を柵《さく》で囲ったオープンスペースがあった。動物園の時代はウマやシカなどの草食獣を展示していたらしいことが、いまも当時のまま残っている看板でわかった。現在、そのスペースは保育園として使用されているようで、いろんな動物のあどけない幼獣《ようじ》たちが元気いっぱいに遊んでいた。

フォクシーが案内した建物は、昔は動物園の管理棟として、事務室や資料室、動物病院が入っていた場所だった。かつての事務室が現在は取調室として使用されていた。

「ミンミン警部、連れてきました」フォクシーは室内で待っていたレッサーパンダに報告すると、ジャイアントパンダに向かってぞんざいな口調で命じた。「ほら、とっとと入りやがれ」

「ご苦労さま、フォクシー巡査。あとはワタシがやるから大丈夫。下がっていいわ」

「えっ、でも警部一頭《ひとり》では……」

「大丈夫って言っているでしょう。下がりなさい。これは命令よ」

「わかりました」フォクシーはしぶしぶ了解すると、「終わったら声をかけてください」と部屋から出ていった。

ミンミンがナンナンを正面から見つめた。

「アニマ探偵事務所のナンナン調査員ね。どうぞ、ワタシの前の席に座ってちょうだい」

取調室に入ったときから、ナンナンはうわの空だった。ミンミンがチャーミングな雌性《じょせい》警部だったからだ。頬を赤らめて、「はい、ありがとうございます」と着席する。

逮捕時の状況を説明するようにミンミンから求められ、ナンナンはぽつりぽつりと証言した。その間も目はミンミンの顔に釘づけだった。

「アギラがあなたまで逮捕したみたいだけど、あなたは別に機密情報を漏洩したわけじゃないのね。ジャッキーから話を聞いていただけなら、別にあなたは罪に問われないわ」

フォクシーとは真逆のミンミンの対応に、ナンナンは脱力しそうになる。

「へっ？」

「アギラは少しおっちょこちょいなのよ。ジャッキーだけでいいのに、誤ってあなたも一緒に連れてきちゃったみたい。ごめんなさいね。このとおりお詫《わ》びするわ」

頭を下げるミンミンに、ナンナンは懸命にかぶりを振った。

「謝らなくてけっこうです。間違いは誰にでもありますから」

ナンナンはミンミンの美貌《びぼう》と獣柄《ひとがら》にすっかり魅了されていた。ミンミンはそんなナンナンの思いに気づくはずもなく、目を伏せて言った。

「本当にごめんなさい。もう帰っていいわよ」

「あ、でも、その前にひとつよろしいでしょうか？」

「なあに？」

ミンミンが目を上げた。視線が合った瞬間、ナンナンの心臓が大きく脈を打つ。

「あ、あ、あの……」

「どうしたの？」

ミンミンが顎に指を当てて首をひねる。そのコケティッシュなしぐさに、ナンナンの心臓の鼓動は勢いを増した。

ナンナンは瞼を閉じ、魅力的な雌《おんな》のレッサーパンダを目の前から消した。そして、大きくひとつ深呼吸をしてから、声を張った。

「タイゴさんは大統領殺しの犯獣《はんにん》なんかじゃないと思います」

「あらまあ。その根拠は？」

「えっ、いやだって、タイゴさんはそんなことをする獣《ひと》じゃ……」

「それはあなたの個獣《こじん》的な感情にすぎないでしょう」

「それを言うなら、ルパスさんも個獣的な感情でタイゴさんを逮捕したんじゃ……」

ナンナンのことばを聞き、ミンミンはウフフと笑った。

「そっか、あなたも彼らの過去の因縁について知っているのね。たしかにルパスはタイゴを憎んでいるかもしれない。でもね、警察はそんな個獣的な事情で容疑者を逮捕したりはしない。タイゴを逮捕したのは、証拠があったからよ」

「証拠？」ナンナンは思わず目を開けた。そして自分に言い聞かせるようにつぶやく。

「わっ、見ちゃダメだ」

「えっ、なんのこと？」

ナンナンは再び目を閉じ、「なんでもありません。気にしないでください。それより、どんな証拠があるんですか？」

「捜査情報をあなたに教えるわけにはいかないわ」

「だったら、タイゴさんが違法な取り調べを受けていることをバラしますよ」

「違法な取り調べって？」

ミンミンの興味を引くことができたと感じたナンナンは、さっき目にした光景を伝えた。

「タイゴさんの顔は、痣ができ腫れあがっていました。口元には血もにじんでいました。取り調べを担当しているルパスさんが、暴力をふるっているのだと思いますが、違いますか？」

ミンミンが真剣な表情になった。

「それは本当なの？」

「嘘だと思うのなら、ご自身の目で確認してください。被疑者は有罪判決が出るまでは無罪。それなのに体罰が加えられている。この事実をマスコミや獣権《じんけん》委員会に訴えます」

「ちょっと待って。それが事実なら、ルパスをこの件の捜査から外すわ……そうね、捜査情報も少しくらいなら……」

ナンナンは目をつぶったまま、胸中で「よっしゃ」と快哉《かいさい》を叫んだ。

「それじゃあ、タイゴさんが犯獣という証拠を教えてください」

ミンミンは束《つか》の間《ま》言い淀んだが、覚悟を決めた。

「わかったわ。証拠というよりも、正確には目撃証言があったのよ。ボノ大統領が殺害されたとされる時間帯……」

ナンナンが話に割りこむ。

「真夜中の一時前後ですよね？」

「あら、どうして知っているの？」

「ちょっと推理してみました」

ミンミンはけげんな顔になったが、深く追及はしなかった。

「たしかに死亡推定時刻は深夜一時頃よ。そのちょっと前に、ミッドランドでタイゴが目撃されているのよ。ボノ大統領らしき獣物《じんぶつ》も」

「えっ」ナンナンは驚いて瞼を開いた。「目撃された……誰が目撃したんですか？」

「それはさすがに教えるわけにはいかないわ。あなたたちが証獣《しょうにん》に変な圧力をかけて、証言を覆されちゃ困るもの」

「仮にその時間にミドルランドで目撃されたとしても、アッパーランドへ忍びこむのは難しいんじゃないですか？　ガラガラヘビに守られた四メートルもの高さの塀が取り囲んでいると聞きました」

「よく知ってるわね。どうやってアッパーランドに忍びこんだかは、いま調べているところ。ただ、大統領と一緒だったのなら、正面ゲートから堂々と入ることもできたはず。ワタシから提供できる情報はここまでよ」

ミンミンの態度から、これ以上食い下がっても新たな情報は得られないだろうと、ナンナンは悟った。

「わかりました。ボクがタイゴさんの無実を証明できたら、釈放してくれますよね？」

ミンミンが目を瞠った。

「本気で言ってるの？　もちろん、その場合は無罪放免だけど……。今回は大統領の暗殺という、国を揺るがす大事件よ。ワタシたちだって総力をあげて捜査しているわ。警察のような組織力を持たないあなたに、ワタシたちを納得させるだけの新たな事実を見つけることができるかしら」

挑発的に瞳を輝かせて見つめてくるミンミンの視線はナンナンの心をときめかせたが、ナンナンは頭を振って邪念を払った。

「頑張ってみます。最後にもうひとつだけ教えてください。大統領が暗殺される前、枢機院の政治家に脅迫状が届いていましたよね。今回の暗殺は、一連の脅迫状とは無関係なのでしょうか？　脅迫状は大アメリカ帝国の陰謀という噂もありますが……」

ナンナンの質問に、ミンミンは眉間に皺を寄せた。

「たしか、あなたが前回ここへ来たとき、脅迫状を送りつけた犯獣として、ミュールを逮捕していたわよね。あれはウルス卿の狂言で、ワタシたちは失態をさらしてしまったけど、あのあとで脅迫状を送られた枢機院のメンバーがいるのは事実。ボノ大統領もその一頭《ひとり》だったし、ベリンゲ卿やブーン卿も受け取っていた。正直なところ、脅迫状と今回の事件の関係はわからないわね。大アメリカ帝国の関与についても、いまのところは不明。ともかくこれ以上の犠牲者が出ないように、ベリンゲ卿やブーン卿には警護の警察官をつけているけど」

ナンナンは現在の枢機院議員の事情には疎《うと》かった。それでもなんとかベリンゲ卿とブーン卿の名前だけは、頭の中にしっかりと刻んだ。

「貴重な情報をありがとうございました。タイゴさんの疑いはボクが必ず晴らしてみせます」

ナンナンはミンミンに一礼すると、取調室から出ていった。

4

釈放されたナンナンはこれからどうしようかと考えた。タイゴの疑いを晴らすと見得を切ったものの、はたしてどこから取りかかればよいのか。探偵になってまだ経験の浅いナンナンは、これまでほとんど先輩探偵のタイゴについて探偵術を学んできた。今回はここまで育ててくれたタイゴを助けるために、自分がなんとか頑張らねばならない。

ナンナンにとって、タイゴは単なる先輩探偵ではなかった。警察官として殉職した実の兄をタイゴに投影していたのだ。年の離れた兄は自分にも他獣《たにん》にも厳しく、常に正義を貫《つらぬ》いていた。ナンナンはそんな兄に憧れ、慕っていた。

——おまえは優しい性格だから保育士を目指すといい。

母親はそうナンナンにアドバイスをした。ナンナンも最初はそうするつもりだったが、タイゴとの出会いがその思いを変えた。出会ったとき、タイゴは依頼されているわけでもないのに、誘拐事件を追っていた。そして、鋭い推理力で真相を暴いたのだ。納得のいくまで信念を貫くタイゴの姿勢を見て、ナンナンも見習いたいと考えを改めたのだ。タイゴのあとを追うことはナンナンにとって、志半《なか》ばにこの世を去った兄の遺志を継ぐことでもあったのだ。

こんなところで音《ね》を上げている場合ではない。ナンナンは己を奮い立たせるべく、腹の底から声を発した。

「よーし、シロクロはっきりつけてやる！」

ナンナンの独り言を聞き咎める者がいた。

「ちょっとあんた、そんなところで大声出して、なにやってんのよ？　なにか用？」

ナンナンはいつしか柵で囲まれた保育園の前まで来ていた。声をかけてきたのは、セント・バーナードの成獣雌《おばさん》だった。

「あ、いや……別に用ではなく……よ、幼獣《ようじ》が好きなもので……」

しどろもどろに答えるナンナンを、セント・バーナードは警戒するような目で睨みつけた。

「最近は物騒《ぶっそう》な世の中だからね。幼獣にいたずらしようとする変態も増えていて。アタシはそんな変態を絶対許さないよ。見つけたら、喉笛《のどぶえ》を食いちぎってやるんだから」

「ボ、ボクにそんな嗜好《しこう》はありません。以前、保育士を目指していて、子どもを見るとついつい嬉しくなってしまうんです。信じてください」

汗をかきながら懸命に説明するナンナンの姿を見て、セント・バーナードの視線が和らいだ。

「まあ、たしかに悪獣《あくにん》には見えないわね。アタシはベネ。この保育園の園長よ」

「あ、園長さんだったんですね。たいへん失礼しました。ボクはナンナンといいます。ここで預かっている幼獣たちはミドルランドで働いている動物たちの子ですか？」

「そう。ミドルランドには官公庁が建ち並んでいるでしょ。最近は雌性《じょせい》の社会進出が進んで、官公庁でもたくさん働いている。シングルマザーも珍しくないわ。そんなわけで、ここの保育園に幼獣を預けて働いている母親が多いわけ。中にはシングルファーザーもいるわ」

「なるほど、そうなんですね。ちなみに何時から何時まで幼獣たちを預かっているんですか？」

「ふつうは朝八時から夜の十時までだけど、日によっては夜半過ぎまで預かる場合もあるわよ」

ベネがさも当然のように答えたので、ナンナンは目を丸くした。

「そんな遅くまでですか！」

「お役所というのは忙しいところなのね。夜遅くまで残業で働いている動物たちがけっこういるのよ。その獣《ひと》がシングルマザーやシングルファーザーだったら、幼獣たちを預からないわけにはいかないじゃない。まあ、それはレアケースで、週に一回あるかないかだけど」

ベネの話を聞いて、ナンナンは閃《ひらめ》いたことがあった。ミンミンの話に出てきた目撃者というのは、ベネではないだろうか。

「四日前の夜、というのはボノ大統領が殺された夜ですけど、もしかして保育園は夜中もやっていませんでしたか？」

「ああ、あの夜は一時過ぎまで幼獣を一頭《ひとり》預かっていたから、やってたわね」

即答したベネに、ナンナンがさらに踏みこむ。

「どうしてそんなにはっきり覚えているんですか？」

「だって、アタシ、見ちゃったんだもの」

「見た？　なにを見たんですか？」

「ボノ大統領を暗殺した犯獣《はんにん》よ！」

「ビンゴ！」

突然ナンナンが叫んだので、ベネは目を見開いて驚いた。

「なによ、いきなり。あんた、やっぱり怪しいわね。いったい何者？」

「あっ、お伝えするのが後回しになってしまい、申し訳ありません。ボクはアニマ探偵事務所に勤めている探偵なんです」

「あんたが探偵？」ベネはいぶかしげにナンナンの全身を見回し、「保育士ならばわからなくもないけど、とても探偵には見えないわね」

「でしょ？」ナンナンがニコリと笑う。「そこがボクの強みなんですよ。誰もボクが探偵だとは思わない。だからこそ、相手の懐《ふところ》に入って、いろんな情報を聞き出すことができるわけです」

心持ち胸を張るナンナンが不審者でもあるかのように、ベネは眉《まゆ》をひそめた。

「それでこそこそ嗅ぎまわっていたのかい。やだねえ。あんた、誰の依頼でなにを調べているんだい？」

せっかく融和ムードが築けそうだったのに、ベネは再び態度を硬化させてしまった。この園長こそが目撃証獣《しょうにん》に違いない。なんとかしてその目撃談を聞きたかったが、自分がタイゴの疑いを晴らそうとしていると正直に告げるのは得策とは思えなかった。ベネはタイゴを犯獣と思いこんでいて、それを否定することになるからだ。

ここで下手には答えられない。切羽詰《せっぱつ》まったナンナンは、相手の警戒心を解くために、とっさに思いついた名前を口にした。

「依頼獣《いらいにん》はベリンゲ卿です」

「え、国防長官なの！」ベネの声が裏返る。「例の脅迫状の事件かい？」

ナンナンはここぞとばかりに深刻ぶった顔を作り、声を潜めた。

「そうなんですよ。もちろん警察も調べていますが、まだ脅迫者は見つかっていません。脅迫状は、ボノ大統領の暗殺事件と繫がっているはずです。ただ、警察は探偵を敵視していて、情報を流してくれないんですよ。事件をはやく解決してベリンゲ卿を安心させるためにも、ベネさんの目撃情報を教えていただけないでしょうか？」

いちかばちかのナンナンの作戦は成功した。ベネはすっかり信じこんだようだった。

「アタシの話が役立つなら、話したげるよ。預かっていた幼獣を返した直後だったから、夜中の一時ちょっと前だったかな。園庭の外にボノ大統領がいたんだよ。真っ白の毛を全身ゆらゆら揺らして、ゆっくりとアッパーランドの正面ゲートのほうへ歩いていたわ」

「へえ、でもそんな時間に大統領はなにをされていたんでしょう？」

「わからないわよ。一瞬、こちらを振り返ったんだけど、瞳が真っ赤に見えてさ。ちょっと不気味だった。それだけじゃないの、大統領を追うように、不審者がそっとあとをつけていたんだよ」

「たしかに怪しいですね。どんなヤツだったんですか？」

「全身が茶褐色で、頭にふさふさのたてがみがあったよ。ライオンかと思ったけど、四肢《てあし》には縞模様が入っていてね。アタシには誰だかわかんなかったけど、翌朝、官邸前でボノ大統領が殺されていたという噂を聞いて、情報提供のために警察に出向いたわけさ。そしたら、対応してくれたオオカミの警察官は、その不審者に心当たりがありそうだったよ」

ナンナンは混乱した。話を聞く限り、ベネが目撃したのはタイゴである可能性が高い。たてがみがあり、四肢に縞模様を持っているとなると、ライガーくらいしか思いつかない。現在、首都のハイデラバードに棲んでいるライガーはタイゴしかいなかった。

「でもどうして、その動物の姿をそこまではっきり断言できるのですか？　真夜中だったのなら、瞳の色とか毛の色まではわからないんじゃないですか？」

「あそこをごらん」ベネが柵に囲まれた園庭を指差した。園庭の中央には街灯が設けられていたのである。「防犯のため、夜間はあの照明が点《つ》くのよ。かなり明るいから、柵の向こうを通る動物は、ここから丸見えよ。大統領の瞳が赤く見えたのは、光を反射したせいだろうね」

そう言われると、ナンナンは返すことばがなかった。ナンナンが口ごもっていると、ベネが突然大きな声をあげた。

「あら、あんたの依頼獣じゃない。挨拶にいったほうがいいんじゃない？」

目を上げると、柵の向こうを大きな雄《おとこ》のゴリラがのっしのっしと歩いているではないか。するとあれがベリンゲ卿か。

ナンナンはベネに嘘をついたことを悔《く》いたが、いまさら取り消すわけにもいかない。こうなったら当たって砕けろだ。ナンナンは心を決めた。

「あ、本当ですね。じゃあ、途中経過を報告してきます。お話を聞かせていただき、ありがとうございました」

ナンナンはセント・バーナードに深々と頭を下げて、保育園をあとにした。

5

「失礼ですが、国防長官のベリンゲ卿でいらっしゃいますか？」

ナンナンが背後から声をかけると、巨大なゴリラが振り向いた。

「そのとおりだが、小僧、きさまは誰だ？」

いかつい顔に、ナンナンは思わずひるみそうになる。

「ボクは『アフラシアジャーナル』の記者で、トントンといいます。ちょっとお話を聞かせていただきたいのですが、よろしいでしょうか？」

ナンナンはとっさに名前と身分を騙《かた》った。

「『アフラシアジャーナル』の記者ならばたいがい面識があるが、きさまは見覚えのない顔だな」

「入ったばかりの新獣《しんじん》なんです。少しだけでかまわないので、お話を聞かせていただけませんでしょうか」

ベリンゲ卿は釈然としないようだったが、「少しだけなら」と飛びこみ取材を許可した。

ナンナンが振り返ると、保育園の建物の中からベネが興味深げにこちらを眺めていた。

ナンナンはベリンゲ卿とは初対面であることをベネに気づかれないよう、卿に提案した。

「お忙しいでしょうから、歩きながら話しましょう」

「ああ、そのほうが助かる」

ナンナンはベリンゲ卿から見えないように、ベネに小さく手を振ると、保育園から遠ざかりはじめた。

「今日は、ここでなにをなさっていたんですか？」

「留置場に行ってたんだ。大統領殺害の容疑者が捕まったというんで、顔を見てきた。大統領が急に亡くなられたので、昨日まではばたばたと忙しくてな。今日ようやく時間が取れたんだ」

「なるほど。いかがでしたか？」

「しぶとい野郎で、いまもまだ犯行を認めていないようだ」

「そうなんですね」ナンナンは内心ホッとしつつ、「ベリングゲ卿はどう思われました？　やはりタイゴさんが犯獣《はんにん》なのでしょうか？」

「タイゴさん？」

訊き返されてはじめて、ナンナンは失言に気づいた。

「逮捕されたライガーの名前ですよ。たしかそんな名前だったはずです。まだ犯獣と決まったわけではないので、さん付けで呼んでいます」

「そんな名前だったかな？　当局は犯獣の情報をまだいっさい流していないはずだが、きさまはどうしてそれを知っているんだ？　容疑者がライガーということばかりか、名前まで」

「蛇《じゃ》の道は蛇《へび》って言うじゃないですか。パンダの道はパンダ。ワタシにもそれなりに情報網がありまして。でも、ご安心ください。報道協定は守りますので、当局の許可が下りるまで、記事にはしません」

懸命に言い募りながらも、ナンナンの心臓はバクバクと脈打っていた。

「当然だ。勝手に記事にしたりすると、容赦しないからな。『アフラシアジャーナル』を今後も発行したいなら、余計なまねはしないことだ」

「承知しています。そのライガーが犯獣だったとして、動機はなんなのでしょう？」

「オレら民主党に反対する社会党員の鉄砲玉かと思ったが、そうではなさそうだ。ルパスとかいう刑事によると、あのライガーはカプリ教にかぶれていたそうだ。おおかた頭のイカれた教祖にそそのかされて、大それたことをやらかしてしまったんだろう」

カプリ教というのは、ダッドというバーバリーシープの雌《おんな》教祖がはじめた新興宗教だった。占星術に基づく世界の再編成を提唱し、ヒツジやヤギの仲間の動物を中心に広がりはじめている。ダッドは祈禱師のようなこともやっており、それなりの客がいることは、干し草盗難事件のときにナンナンも知った。

タイゴが教祖のダッドから依頼を受けて、なにかを調べていたことはたしかだった。だからといって、なにごとにも冷めた態度で一歩距離を置いて対象に接するタイゴが、カプリ教に入信したとは、信じがたい。

ナンナンは違和感を覚えながらも、それには触れなかった。

「ベリンゲ卿にも脅迫状が届いたんですよね？」

「ああ、オレを脅すなんて、身のほど知らずもいいところだ」

「どんな内容だったんですか？」

「国防長官を辞めないと命は保証しないとかいう、くだらんものだ」

「その脅迫状も、やはりタイゴさんが？」

「それが……ライガーが書いたという文字を見せてもらったが、オレに届いた脅迫状の筆跡とはまったく違っていた。どちらかを意図的に変えたのかもしれないが、脅迫者は別にいる可能性があるというのが、警察の見解のようだ」

ミンミンも脅迫状と暗殺の関係はわからないとぼやいていた。少なくともタイゴが脅迫状に関わっていなさそうだとわかり、ナンナンはほっとした。

「大アメリカ帝国が関わっている可能性はいかがでしょう？」

「そんな噂話も出回っているそうだな。ボノ大統領もかなり怯えていた。これはあくまでオレの考えだが、大アメリカ帝国の工作員ならば、脅迫状なんてまどろっこしい手間は省いて、直接命を狙いに来そうな気がする」

「だとしたら、ボノ大統領を手にかけたのも、捕まったライガーではなく、大アメリカ帝国の工作員だとは考えられませんか？」

「あのライガー、ロウワーランドで探偵などというゲスな仕事に就いていたようだが、もしかしたら、大アメリカ帝国のスパイだったのかもしれないな」

ゲスな仕事というくだりに反論したくなるのを、ナンナンはぐっとこらえた。

「ところで、ボノ大統領はあの日、どうしてあんな夜遅くに出歩かれていたのでしょうか？　ミドルランドで目撃されたようですが」

ベリンゲ卿が品のない笑みを浮かべた。

「どこぞの雌性《じょせい》を訪ねた帰りだったんじゃないのか。大統領は独身だったから、夜のおともを探していたのかもしれないな」

「えっ、でも、ボノ大統領はずいぶんなお歳《とし》でしたよね?」

「そのわりにあっちのほうは、おさかんだったそうだぜ。これはオフレコだが、獣妻《ひとづま》だった秘書を身ごもらせてしまったこともある。なんとか金で解決したように聞いたが、まだ関係が続いていたのかもしれないな。秘書の夫婦が棲んでいるのはミドルランドの官舎だからな」

身ごもったということは、秘書もチンパンジーだったのだろうか。ナンナンは大統領の行動に呆れつつ、話題を変えた。

「そういえば、警護の警察官が見当たらないようですが」

「ああ、ボノ大統領が殺害された翌日から、警察が念のためにとつけてくれたんだが、四六時中知らないヤツに身の周りにつきまとわれたら、わずらわしくて仕方がない。だからさっき帰ってもらった」

ナンナンはベリンゲ卿の体軀《たいく》を見上げた。分厚い胸板に太い腕、筋肉質のひきしまった肉体……たしかにこのゴリラを襲う勇気のある者はいないかもしれない。

「さすがですね」

「ああ。オレは自分の身は自分で守る。ブーンとは違ってな」

皮肉るようなベリンゲ卿の口ぶりが気になって顔をのぞくと、射るような視線を正面に浴びせている。ベリンゲ卿の視線の先には、三頭《さんにん》のキンイロジャッカルに囲まれたマントヒヒの老雄《ろうじん》がいた。本来ならマント状に広がるはずの白い毛も大部分が抜け落ちて貧相に見える。あのマントヒヒが社会党党首のブーン卿で、目付きの険《けわ》しいキンイロジャッカルたちが警護の警察官なのだろう。

「ブーン卿、ずいぶん高齢なんですね」

「まったくだ。ボノ大統領と同い歳じゃなかったかな。次の大統領の椅子を狙っているようだが、いまさら社会党の老いぼれが出てくる場面じゃないわ」ベリンゲ卿は小声で吐き捨てるように言うと、大声で叫ぶ。「ブーン卿、『アフラシアジャーナル』の記者が取材に来ているぞ！ 次期大統領選に向けての抱負でも語ってみたらどうだ？」

ナンナンはまずいと思った。警察官であるジャッカルから報告があがると、偽の記者だとすぐにバレてしまうからだ。

近づいてきたブーン卿に、ナンナンはお辞儀をした。

「はじめまして。ボクは『アフラシアジャーナル』のナン……トントンといいます。ぜひともお話をうかがいたいのですが、今日は重要な会議があって、社に戻らねばなりません。次の機会にぜひよろしくお願いします。ベリンゲ卿も、どうもありがとうございました」

ナンナンは早口で一方的に告げると、顔を伏せて逃げるように立ち去った。

かなり離れてから振り返ると、ベリング卿とブーン卿が睨みあっていた。民主党と社会党の諍《いさか》いなのか、あるいは次期大統領の候補者争いなのだろうか。枢機院議員も楽じゃない。ナンナンはやれやれと首を振った。

6

翌日、ナンナンはカプリ教の教祖であるバーバリーシープのダッドに会いにいった。バーバリーシープたちはボールドマウンテンという岩山に棲んでいた。探偵事務所のある街からはかなり遠く、朝早くに出発しても、ボールドマウンテンの麓《ふもと》に着いたのは昼前だった。そこから先がまた大変だった。ボールドマウンテンは巨大な岩を無造作に積み上げたような、非常に険しい山だったのである。野生のヤギやヒツジは岩山を苦にせず駆けまわることができるが、パンダのナンナンは岩登りが苦手だった。岩から岩へ華麗にジャンプすることなど到底無理な話で、四肢《てあし》で岩にとりついて、えっちらおっちら登っていくのが関の山。ダッドのいる山の中腹にたどり着いたときには、頭から滝のように汗が噴き出していた。

そこには十数頭《にん》のバーバリーシープがいた。ヒツジとヤギの両方の特徴をもつバーバリーシープは雄雌《だんじょ》とも後方に大きく湾曲した立派な角を持っているが、そのうち一頭《ひとり》の雌性《じょせい》の角はことさら湾曲が大きく、ほぼ半周して角先が正面を向いている。この角で、相手に突進していけば十分な武器になるのではないだろうか？　何度も相手の顔面にぶつけたら、潰してしまうことも可能かも……。

ナンナンは息を整えながら、予断は禁物と自戒した。

「はじめまして。アニマ探偵事務所からきたナンナンと言います。ダッドさんからお話をうかがいたくてやってきました」

ナンナンが大声で呼びかけると、バーバリーシープたちが一斉にこっちを向いた。ドリルのようなねじれた角が特徴的なマーコール、三日月状の長い角のパサンなどの別種の野生ヤギもいる。ヤギ類の瞳孔《どうこう》は横に長く、どこを見ているのかわかりづらい。悪魔の目を持つ動物と呼ばれるゆえんだが、その動物たちから一度に大量の視線を浴びせられ、ナンナンはぞっとした。

角先が前を向いた雌《おんな》のバーバリーシープがけだるそうに口を開く。

「ワタシがダッドだけど、なんの用だい？　カプリ教に興味があるのかい？」

ナンナンはなるべくヤギたちの目を見ないようにして、「すみません。そうではなくて、ボクの先輩のタイゴさんのことで……」

「アニマ探偵事務所と聞いたときから、そうではないかと思ったよ。タイゴにはお世話になっているからね。で、どうしたんだい？」

「実は、タイゴさんがボノ大統領暗殺の容疑で警察に捕まってしまったんです。なにかの間違いに決まって……」

ナンナンのことばはダッドに遮られた。

「タイゴが捕まった？　そんなバカな話があるもんか。どうせワタシたちに対する嫌がらせだろう」

「どういう意味ですか？」

ナンナンが小首を傾げる。

「警察は、ワタシたちカプリ教の信徒がいまの政府を覆そうとしている、と思いこんでいるのさ。それを未然に防ぐという名目で、いろんな嫌がらせをしかけてくるんだ。枢機院のお偉方に脅迫状を送ったのもワタシたちだと疑われて、ずいぶん強引な取り調べを受けたよ」

「違うんですね？」

「もちろん、違う。放っておいても、どのみち枢機院は崩壊するよ」

そう言ってダッドは不敵に笑った。周囲を取り囲むヤギたちも同調して声を殺して笑う。ナンナンは不気味でしかたなかったが、質問を続けた。

「崩壊するとは？」

「占星術にそう出ている。いまの政府はせいぜいもってあと二年だとね。その後はワタシたちヤギの眷族《けんぞく》がアフラシアを支配するのさ！」

ダッドが怪気炎をあげると、周りのヤギたちの雄叫《おたけ》びが続いた。

「ダッドさまを大統領に！」

「オレたちの時代の到来だ！」

「枢機院、くたばれ！」

どこまで本気なのだろう。ナンナンは狂信的なヤギたちが怖くなった。枢機院から見れば、この集団はたしかに危険思想を持っていると判断されてもおかしくはない。ナンナンがヤギたちの狂騒状態に怖気《おじけ》づいていると、ダッドが続けた。

「いまの枢機院を牛耳っている類人族とヒヒ族の争いがこのあと泥沼化して、そのうち枢機院は内部から崩れていくのさ」

「類人族というのは、ボノ大統領とかベリンゲ卿のことですね？」

「ああ、民主党なんて名乗ってるチンパンジーやゴリラ、オランウータンどもだよ。やつらの思いどおりにさせまいと画策しているのが、マントヒヒのブーン卿を筆頭とするヒヒ族だよ。こちらはマンドリルやニホンザルなどとともに社会党を結成して、民主党に対抗している。まあ、どっちもどっちの腰抜けばかりだが」

いまの説明でベリンゲ卿とブーン卿がいがみ合っている理由がわかった。

「内部での揉《も》め事《ごと》の他に、外部から大アメリカ帝国が攻めてくるという物騒な噂も聞きますが……」

「ああ、そんな話もあるね。大アメリカ帝国のクーガ大帝は強欲だから、アフラシアを手中に収めたいんだろうね。いまの枢機院では、クーガの軍勢には太刀打ちなんてできないよ。腰抜けどもばかりだからね。この前の大統領の記者会見を聞いたかね？」

「いや、すみません。世情に疎くって……」

「ふん、国を揺るがすような事態のときに、お気楽なもんだね。大統領がミドルランドで、記者に囲まれたことがあったんだよ。大統領、お忍びのつもりなのか、サングラスなんかかけちゃってね。そのとき、脅迫状の送り手について心当たりがあるかって、記者が質問したんだよ。大統領ったら、首を横に振るばかりで、なにも答えなかったそうだけど、そのとき足が震えていたそうだよ。情けないったらないね。結局、ひと言もしゃべらず、秘書の官舎のほうへ逃げこんだって話だよ。知ってるかい、大統領と秘書、できているらしいよ」

「そうなんですか！」

最後の情報はナンナンも知っていたが、あえて驚いてみせた。すると調子づいたのか、ダッドはさらに枢機院の政治家たちへの悪態《あくたい》をつきまくった。

「知ってるかい？　ボノ大統領の白い毛、あれは染めているんだよ」

「噂は本当だったんですね。でも、そんなことまでよくご存じですね」

「枢機院のお偉方は高級志向だから、カシミヤ製品が好きなんだよ。だから、カシミヤヤギは特別にミドルランドに棲みかを与えられ、そこの床屋——マスターはイタチなんだけどね——で毛を刈られている。枢機院のお偉方もそこの床屋を利用していて、大統領もその一員。大統領の毛を染めている本獣《ほんにん》のマスターからカシミヤヤギに秘密が漏れた。というよりも、カプリ教の信徒であるカシミヤヤギがマスターを抱きこんで聞き出した。毛を刈るときって、誰しもついつい他愛《たわい》ないおしゃべりに興じるだろう。だから、大統領の情報だけでなく、枢機院のお偉方のいろいろな秘密が入ってくるわけさ」

「すごい情報網です。でも、類人族でもヒヒ族でもない、他の枢機院の動物たちはどうしているんですか？」

「他の動物たちもポンコツばかりだよ。第三勢力の共和党を率いるアジアゾウのネール卿は持病の関節痛でろくに歩けないというし、ヒグマのウルス卿なんて雌の警部……なんていったっけ？　ああ、ミンミンだったかな。そいつのケツばかり追いかけまわしているらしいし……」

「その話、やっぱり本当だったんですか！」

ナンナンが突然声をあげたので、ダッドは「どうしたんだい？」と瞳孔を円くした。

ナンナンは顔を赤らめながら、「いや、なんでもありません」と話題を変える。

「ところで、タイゴさんのことなんですけど、最近はこちらによく来られていたと聞きましたが、ここでなにをされていたんですか？」

「一週間前に、ワタシの弟が何者かに殺されたんだよ。警察はワタシたちを敵視していて、相手にしてくれない。それでタイゴに犯獣《はんにん》を見つけてもらおうと思って、調査を依頼したのさ」

「そうだったんですね。ご愁傷さまです。弟さんはどんなふうに？」

「弟はワタシの補佐として働いてくれていたんだけどね、使いでドンキーテラスにいるラバのミュールに親書を届けてもらったんだ。その道中、ハイデラ川の河川敷で何者かによって殺されたんだ。かわいそうに、もの凄い力で首をへし折られていたんだよ。そして親書はなくなってしまっていた。犯獣に盗まれたのか、川に流されてしまったのか……」

「あ、ミュールさん、ボクもお会いしたことがあります。そんなことがあったんですね……。で、タイゴさんは犯獣に心当たりがあったみたいでしたか？」

「枢機院の差し金のような気がするとは言っていたね。ミュールは熱心にアフラシア共和国の改革を訴えていたし、ワタシたちもこの国で革命を起こす準備をしている。政府から見りゃ、どちらも危険分子さ。ワタシたちとミュールが手を組むことを阻止するために、弟を殺したんだろうと。犯獣についてはまだ調査の途中だった。でも、まさか捕まってしまうとは……」

「なるほど、それでさっき、『ワタシたちに対する嫌がらせ』とおっしゃったんですね。

ボノ大統領が殺された日の前後、タイゴさんはこちらに来てませんでしたか？」

「殺されたのはいつなんだい？」

「五日前の深夜一時頃です」

「五日前……えっと、どうだったかなあ？」

ダッドが頭をひねると、側近らしき隣にいたバーバリーシープの老雄《じい》さんが口をはさんだ。

「その夜は新月で星がきれいだったので、教祖さまは星見櫓《ほしみやぐら》にこもって、占星の儀をおこなっておられました。お独りで立てこもられている教祖さまを襲撃しようとする不届き者がいるやもしれぬと、タイゴさまは寝ずの番をなさっていたかと存じます」

「そうだよ！」ダッドが大きくうなずいた。「あの夜、タイゴはひと晩中、この山にいたんだよ。弟の次に、ワタシが狙われるかもしれないって心配して。正確にいえばあそこにいたんだよ」

ダッドが岩山の頂上に視線を向けた。塔のように組み上げられた構造物が小さく認められた。あれが星見櫓なのだろう。ダッドの主張が正しいのであれば、ひと晩中見張っていたというタイゴにはアリバイがあることになる。同時にまた、見張られていたダッドにもアリバイが成立する。

このとき、ナンナンはあることを思い出した。逮捕される直前、朝十時頃タイゴは眠そうな顔で事務所に戻ってきた。ここから事務所まで、タイゴの足でも三時間はかかるだろう。ここで寝ずの番をしたあと、七時頃ここを発《た》ってそのまま事務所に直行したとしたら、事務所到着は十時頃になる計算だ。

「やっぱりアニキは無実だ!」

ナンナンがつい独りごちる。

「アニキ?」

ダッドに訊き返され、ナンナンが頬を赤らめる。

「あっ、失礼しました。タイゴさんのことです。親しみをこめて、そう呼んでいるんです」

「そういうことかい。タイゴの無実は保証するけど、警察がワタシたちの証言を信じてくれるかが問題だね。やつらは端《はな》からこちらを疑っているから、証言を聞きいれてくれるとは思えない」

ダッドの懸念は一理あった。明らかなアリバイがありながら現在もまだ釈放されていないことからも、ダッドたちが共謀してタイゴを庇《かば》っていると思われてしまう可能性は高かった。

ナンナンは両前足《りょうて》で自分の頭をポカポカ殴った。タイゴの無実を証明するにはどうすればいいか、よい考えが浮かぶよう、脳に刺激を与えるうちに、脳の奥に引っかかっていたことばがポロッと出てきた。

「そうだ！　さっき、そちらのお老雄さんが、教祖様を襲おうとする不届き者がいるやも、という話をなさっていましたね。その不届き者に心当たりはあるんですか？」

答えたのはダッドだった。

「この岩山、東側はワタシたちヤギの眷属が暮らしているんだけど、西側はゲラダヒヒが占拠してるのさ。やつらは好戦的で、隙さえあれば領地を拡大しようとして、こちらに攻めこんでくるんだよ」

「ゲラダヒヒさんですか。お会いしたことはないですが、名前からすると、やはりヒヒ族の一員なんでしょうか」

「ヒヒの仲間ではあるんだけれど、性格は凶暴で乱暴者だから、枢機院には入れてもらえていない。でも、ブーン卿なんかは、用心棒としてセロというガタイのいい雄《おとこ》のゲラダヒヒをよく雇っているようだね」

「そうなんですか……」

ナンナンがダッドの話を咀嚼《そしゃく》していると、側近の老雄が西の方角に鼻先を向けた。

「ほら、そこをごらんなさい。岩の上に座っている動物がいるでしょう。あれがゲラダヒヒの雄ですよ。ああやって、交替でこちらの動きを見張ってるんですよ」

老雄の視線をたどると、全身茶褐色のかなり大きなサルが退屈そうにあくびをしていた。その姿を見たナンナンは、ボノ大統領の殺害犯がわかった気がした。

7

翌日、ナンナンは再びミドルランドへ行った。まずは保育園を訪れ、保育士のベネと面会した。そこであることを確かめると、警察署へ向かう。ミンミンを呼び出すと、快く応じてくれた。会議室で待っていると、しばらくしてミンミンが浮かない顔をして入ってきた。

「ミンミン警部、お体の加減でも悪いのですか？」

ナンナンが心配すると、ミンミンは無理して笑みを浮かべた。

「あら、ワタシ、そんなに冴えない顔をしてた？　恥ずかしいわね。えっと、わざわざここまで出向いてきてくれたってことは、タイゴの無実が証明できるのかしら？」

「はい、そのつもりです」

「そうなんだ。出鼻をくじくようで申し訳ないけれど、タイゴのアリバイは信用しないわよ。ひと晩中ボールドマウンテンにいたなんて主張しているけど、カプリ教の信徒たちと結託して、警察を欺こうとしている可能性があるから」

想定内のミンミンの反応に、ナンナンは自信を持って応じた。

「わかっています。タイゴさんのアリバイを証明するのではなく、ボノ大統領を殺害した真犯獣《しんはんにん》をお教えします」

「まあ」ミンミンが右前足《みぎて》を口に当てる。「それは楽しみね」

ナンナンはミンミンのしぐさに目を奪われたが、咳払いをひとつして気を静めてから説明をはじめた。

「一昨日、ボクは偶然にも、犯獣の目撃者に会うことができました。保育士のベネさんだったのですね。尋ねると目撃証言を披露してくれました。暗殺事件が起こったと想定された時間帯、ベネさんは犯獣と思《おぼ》しき動物を目撃していました。体は茶褐色、頭部にふさふさのたてがみ、四肢に縞模様があったそうですが、ベネさんはなんの動物だかわからなかったそうです。この証言をそのまま信じると、父親がライオン、母親がトラのライガーに思えます。警察はこの証言から、タイゴさんを逮捕したのですね」

「そうよ。ここ、ハイデラバードに、ライガーはタイゴしかいないから」

「ええ。でも、ボクはベネさんが件《くだん》の獣物《じんぶつ》を見かけたときの位置が気になったんです。時間は真夜中、ベネさんは園の建物の中から、園庭の外を通る獣物を見たわけです。当然照明が必要です。照明は庭にありました。高い所から庭全体を照らすようになっています。するとどうなるでしょう。園庭の外側を歩いている獣物には、園庭を仕切る柵の影が投影されます。柵は横木が三本渡してあります。光源が高い所にあると……」

ナンナンが言う前に、ミンミンが結論を急いだ。

「件の獣物の四肢に柵の影が映って、まるで縞模様のように見えるってわけね。つまり、タイゴでなくとも、雄《おとこ》のライオンならば誰でも可能性がある、と」

ナンナンはいいところを持っていかれて軽くショックだったが、まだめげずに続けるだけの材料を持っていた。

「と、思うでしょう。ところが違うんです。雄のライオン以外にも、茶褐色で頭に立派なたてがみを持つ動物がいたんです。ゲラダヒヒです！　マントヒヒが灰色で肩からマントのような長い毛を持っているのに対して、ゲラダヒヒは茶褐色で頭部から長いたてがみ状の毛が生えています。ただ、ライオンやライガーとゲラダヒヒでは体の大きさが違います。そこで、再びベネさんに会って確かめてみました。改めて訊くと、大きさはちゃんと覚えていないという話でした。それればかりか、ライオンよりは小さかったように思うとも。つまり、あのとき園庭の外を通ったのは、雄のゲラダヒヒだったのです！」

とうとうと自説をまくしたてたナンナンは、最後、効果を上げるべく声を張った。ミンミンを一瞥すると、口を半開きにしたまま目を瞠っている。ナンナンは手応《てごた》えを感じ、話をまとめにかかった。

「枢機院ではボノ大統領やベリンゲ卿の属する民主党の類人族とブーン卿やマンドリルなどが属する社会党のヒヒ族で主権争いが起こっているそうですね。現在劣勢に立たされているヒヒ族が、ボノ大統領に刺客を放ったとしたらどうでしょう。ブーン卿にはセロというガタイのよい雄のゲラダヒヒの用心棒がいます。あくびをしているところを見ましたが、ゲラダヒヒは鋭い犬歯を持っており、雄同士で威嚇するときには、この犬歯を剝き出しにするそうです。ここまで言えばおわかりでしょう。ゲラダヒヒのセロが鋭い犬歯でボノ大統領を嚙み殺し、それだけでは飽き足らず、顔をめちゃくちゃに殴りつけたのです。セロをアッパーランドに引きいれたのはブーン卿でしょう。ブーン卿ならばアッパーランドの正面ゲートから堂々と出入りできますから」

ナンナンはこれほどの長台詞を話したことはなかった。おかげで最後のほうは声がガラガラになった。唾《つば》を呑みこんで喉をうるおしながら、ミンミンの賞賛の声を待つ。

しかし、返ってきたのは意外な反応だった。

「まさか、セロの名前がここで出てくるとは思わなかったわ。実はワタシたちもセロが怪しいんじゃないかと睨んでいたの。以前から類人族と揉め事をおこしていたからね。タイゴを逮捕したのはいわば陽動作戦で、セロはあえて泳がせていた。そのうちにぼろを出すんじゃないか、と考えてね。ところがなんと、今朝、ハイデラ川のほとりでセロの遺体が見つかったのよ。おそらく同じ犯獣ね」

ナンナンはなぜミンミンの顔色が優れなかったのか、この期《ご》に及んでようやく理解した。新たな殺獣《さつじん》事件が発生し、事態は大きく動いていたのだ。

「え―――っ」ナンナンが頭を抱《かか》えた。「ボクがここで偉そうに語った推理はすべてお見通しだったんですか？」

「まあ、そういうことになるかな」

「え―――っ」ナンナンの顔の白い部分がたちまち真っ赤になる。「それってかなりの勘違い野郎ですよね？」

「そんなことないんじゃない。タイゴを助けようとして、一頭《ひとり》でよくそこまで頑張ったわ」

慰められたナンナンはかえってみじめな気持ちになりかけたが、なんとか気を取り直して訊いた。

「ボノ大統領とセロを殺害したのが同一犯だとすれば、タイゴさんは無実ですよね？」

「そうね」ミンミンが認めた。「タイゴは犯行が起こったと思われる昨夜は留置場にいたから、犯行は不可能。無罪放免よ、おめでとう！」

と、懐かしい声がナンナンの鼓膜を震わせた。

「お、ナンナンじゃねえか。わざわざ迎えにきてくれたのか。心配かけたな」

声のほうを向くとタイゴがいた。殴られたような傷はもうかなり治っており、健康状態はよさそうだった。タイゴを連れてきたのは、ルパスではなく見知らぬドーベルマンだった。ナンナンの訴えをミンミンが聞き入れ、取り調べ担当を代えてくれたのだろう。

タイゴの姿を見るうちにナンナンの目に涙が溜まった。それがみるみる溢れ、頬を伝っていく。そのうえ、鼻水まで垂れてきた。カッコ悪いやら、嬉しいやら、みっともないやら……さまざまな感情が一度にナンナンを襲った。

「タイゴさん……ボク、ボク……」

嗚咽《おえつ》でことばが出ないナンナンの頭を、タイゴが優しくポンと叩いた。

「幼獣《ようじ》じゃないんだから、泣くな。さ、帰るとしよう!」

レッサーパンダとドーベルマンが見送る中、二頭《ふたり》の探偵は警察署をあとにして歩きはじめた。

8

歩きながらナンナンは、結果的には失敗に終わった自らの探偵活動の一部始終を語った。口を挟まず、黙って耳を傾けていたタイゴは、話し終えた後輩探偵にねぎらいのことばをかけた。

「よく頑張ったじゃねえか、ナンナン。一頭《ひとり》でそこまで調査できたのなら、たいしたもんだ」

「タイゴさん、慰めは無用です。結果的にボクの調査は役に立ちませんでした。ボクの推理した犯獣《はんにん》も見当はずれでしたし……」

「おまえさんの推理はいいところまでいっているんじゃねえかな。保育士のベネが見たという獣物《じんぶつ》はもちろんオレじゃない。死獣《しにん》に口なしで確認できねえが、ゲラダヒヒのセロだった可能性は高い」

「その他の可能性が考えられますか？」

「大アメリカ帝国の陰謀説を念頭に置くなら、そちらから送りこまれた工作員という可能性だって否定はできない」

「海の向こうにも、茶褐色でたてがみを持つ動物がいるんですか？　ボクは大アメリカ帝国の動物はよく知らなくて。ピューマさんはアメリカライオンとも呼ばれているそうですが、雄《おとこ》はたてがみを持っているのでしょうか」

「いや、ピューマは雄も雌《おんな》と同じようなかっこうをしていて、たてがみは持っていない」

タイゴが目をつぶって思考を巡らせた。「他で候補を探すなら、タテガミオオカミってヤツがいるにはいる」

「タテガミオオカミさん！　やっぱり、頭にふさふさのたてがみが生えているんですか？」

「いや、タテガミオオカミのたてがみは黒くて短く、ウマやハイエナと同じように首筋に沿って生えている。ライオンやゲラダヒヒの雄《おとこ》のように頭部全体を覆うように生えているわけではない」

「それだったら、ベネさんは見間違えなかったと思います」

「だろうな。疑おうと思えば、たてがみを持っていない動物が、変装のためにあえてたてがみ状の毛をまとっていたケースだって考えられるが、獣目《ひとめ》につきにくい真夜中にわざわざ変装するのも不自然だ。そう考えると、おまえさんの推理どおり、ゲラダヒヒだったと考えるべきだろう。殺されたことからも、セロが関与していた公算は高い」

尊敬する先輩探偵に認められ、ナンナンの瞳に光が宿りはじめた。

「やったあ、推理が当たった！　でも、そのセロも殺されてしまったって、どういうことなんでしょう。ハイデラ川のほとりで遺体が見つかったそうですね。川岸からアッパーランドに忍びこもうとしたんでしょうか？」

ハイデラ川というのはアッパーランドに聳《そび》えるハイデラ山を水源とする川であった。アッパーランドを縦断するように流れていたが、両岸には塀があるため、川をさかのぼってきたとしてもアッパーランドへ侵入することはできない。

「いや、セロだったら、頼めばブーン卿が正面ゲートを開けてくれただろう。わざわざ塀を乗り越えるなんてリスクをおかす必要はない」

「あ、そうでしたね」ナンナンは自分の頭をポカッと叩き、「類人族が報復したのでしょうか？」

「それはつまり、ボノ大統領殺しはセロで、それを知った、たとえばベリンゲ卿あたりがセロを殺したって意味か？」

「はい」

「それはないな」タイゴが一蹴した。「ミンミンは、ふたつの殺獣《さつじん》は同一犯によるものと断定していた。きっと殺し方が一致したんだろう。取り調べのときに耳にしたが、ボノ大統領は首の骨がへし折られていたそうだ。顔が潰されたのは死後のことだったとか。おそらくセロも同じように首が折られていたんだと思う。同一犯という確信がなければ、オレのボノ大統領殺害容疑はいまも晴れておらず、釈放もされてなかったはずだ」

「なるほど、そうですね。だとすると、類人族にもヒヒ族にも恨みがある者の犯行ということになりますね。枢機院の内部犯となれば、ウルス卿なんか怪しいんじゃないでしょうか」

ナンナンはウルス卿とは会ったことがなかった。ミンミンを追いかけまわしているとダッドから聞いて、好色なヒグマ親父《おやじ》という印象を一方的に抱いていた。ヒグマであれば犬歯も鋭いし、チンパンジーやゲラダヒヒなど、簡単に嚙み殺すことができるに違いない。

タイゴはしかし懐疑的だった。

「ウルス卿の立場になってみろ。類人族とヒヒ族が勝手に争って、消耗戦を繰り広げているさいちゅうなんだぜ。いまは手をこまねいて静観し、どちらも力を失ったところで、一気に枢機院の中心に立つほうが得策だろう」

「そうですね。タイゴさんは今回の事件をどのようにとらえているんですか？」

「うーん」タイゴが眉間に皺を寄せた。「留置場にぶちこまれている間、暇だったのでいろいろと考えてみたんだが、まだ情報が足りない。さっきおまえさんの話を聞いていて、なにか思いついたような気がしたんだが、なんだったかな。オレも歳だな。聞いたことを次々に忘れてしまう……」

ナンナンはなんとかタイゴの力になろうと、前のめりになる。

「ボクが話したことですか？　なんだろう。ジャッキーから聞いた大統領の死体の目撃談、ベネさんから聞いた証言、ダッドさんから聞いた四方山話《よもやまばなし》……ボクが話したのはそれくらいでしたけど。そのなかのどれでしょう？」

タイゴは宙に視線を泳がせ、「どうでもいいような話題だったんだよな。ダッドの話だったかな。ダッドの話のなかで、おまえさんが気になった内容はなかったか？」

タイゴに問われ、ナンナンはダッドの話を思い返した。占星術に現れたヤギ族が台頭する未来の話、現在の枢機院を二分する類人族とヒヒ族の確執の話、カシミヤヤギのスパイの話……。

「もしかして、カシミヤヤギの話ですか。いろんなところに情報網を張り巡らせているんだって、ボクは感心しました」

「うーん、違うな」

他にどんな話をしただろうか。ボノ大統領が歳に似合わずおさかんな話、床屋のマスターがイタチだって話、ウルス卿がミンミンの尻を追いまわしている話……。

ウルス卿のことを思い出したとたん、再び怒りがこみあげてきた。

「ウルス卿がミンミン警部を追いかけまわしてるって話でしょう！　まったく、許せませんよね！」

ナンナンがいきなりぷりぷりしはじめたので、タイゴの目が点になった。

「どうしたんだ？　なにかあったのか？」

「だって、ヒグマの分際でレッサーパンダを追いかけ回すって、変態ですよね？」

「おまえさん、まだあの雌《おんな》警部に気があるのか。ジャイアントパンダとレッサーパンダの恋愛だって、傍《はた》から見たら変態……」

「タイゴさん、ひど――い！　ボクのことを変態だなんて……」

ナンナンの非難を無視し、タイゴが小さく叫ぶ。

「思い出したぜ。ネール卿の話だ！」

「ああ、共和党党首で関節痛だというアジアゾウさんですね。そうか、ゾウだったら怪力ですから、鼻で締め上げて首の骨をへし折ることも、踏みつけて顔面を潰すことも簡単ですね！　そっか、犯獣はネール卿だったんだ！」

「早とちりするな！」タイゴが一喝した。「オレはネール卿が犯獣なんてひと言も言ってない。所長がこの前、枢機院には関節痛で苦しむ古くからの友獣《ゆうじん》がいるという話をしていたのを思い出したんだ」

「そういえば、ボクもロックス所長には枢機院に知り合いがいるって聞きました。ネール卿だったんですか」

「種が違うとはいえ、ゾウ同士で気が合ったんだろう。ってことで、ここは所長にひと肌脱いでもらおうじゃねえか！」

9

翌日、タイゴとナンナンは初めてアッパーランドに足を踏み入れた。アニマ探偵事務所のロックス所長から、旧知の仲だというネール卿に連絡をとってもらい、タイゴとナンナンの二頭《ふたり》をアッパーランドへ招いてくれるよう、依頼したのだ。連絡は伝書鳩《でんしょばと》を通じておこなわれた。郵便配達として正式な許可を得ているハトだけは、ロウワーランドとアッパーランドの間を自在に行き来できるのだ。ロックスからの手紙を読んだネール卿は、旧友の頼みを快く聞きいれてくれた。

一般獣《いっぱんじん》は通常はミドルランドまでしか立ち入りできないが、枢機院の動物に招待されれば、事情は別だ。かつては城門だったという堅牢《けんろう》なつくりの正面ゲートをくぐって、二頭はアッパーランドに入った。

門の中では温厚で獣《ひと》のよさそうなアジアゾウが待っていた。枢機院議員であることを示すIDカードを太い首に下げていた。

「おぬしたちがロックスの弟子の探偵かな。ワシがネールだ。ようこそアッパーランドへ」

ネール卿がよく通る野太い声で挨拶をした。

「お招きいただき、光栄です。タイゴです」

タイゴがいつになく緊張した口ぶりで名乗ると、ナンナンがペコリとお辞儀をした。

「はじめまして。ナンナンです。よろしくお願いします」

「おぬしたちはボノ大統領の暗殺事件を調べているとか。警察も手を焼いているようだが、はたして解決できるのかな？」

ネール卿が値踏みするような眼差しをタイゴとナンナンに向けた。

「頑張ります！」

ナンナンが威勢よく前足を挙げる。タイゴはネール卿の挑発を無視して、ミドルランドとアッパーランドの境界となっている塀に目をやった。

「あの塀の上部に夜間はガラガラヘビが放たれるんですよね。どうして夜間だけなんですか？」

「そりゃあ、ガラガラヘビが夜行性だからさ」

「ヘビって夜、目が見えるんですか？」

ナンナンの疑問に答えたのはタイゴだった。

「おまえは相変わらず無知だな。ヘビたちは総じて目が悪い。その分、嗅覚を発達させている者が多いが、ガラガラヘビやニシキヘビはピット器官という感覚器を持っている」

「ピット器官？」

「そうだ。ピット器官はいわば赤外線センサーだ。周囲の熱を敏感に感知することができる。オレたちは体温を持っているだろう。ガラガラヘビは鼻先にあるピット器官で周囲よりも高い熱を察知して、瞬時に咬みつくことができる。視力なんて必要ないのさ」

「そのとおり」ネール卿がうなずいた。「塀の上に配置されているガラガラヘビはすべて三メートル級の大物ばかりだ。ヘビは体長の三分の一以上の高さまで鎌首《かまくび》をもたげることができるそうだ。ここのガラガラヘビだと、軽く一メートルは鎌首をもたげられる。だから、空を飛べない動物が塀を乗り越えるためには、塀の高さ四メートルに、ガラガラヘビのリスクを回避するために安全な高さ二メートルを加えて、六メートルはジャンプしなければならない。高い場所からジャンプして侵入したりできないように、塀のミドルランド側は幅十メートルにわたって木も建物も排除されている。だから、翼を持たない動物が夜間アッパーランドへ忍びこむのは事実上不可能だといってよい」

「昼間はああやって彼らが見張っているわけですね」

ナンナンが上空を仰ぎ見る。青空を数羽《すうにん》の猛禽《もうきん》が気持ちよさそうに旋回していた。と、そのうちの一羽《ひとり》が猛スピードで急降下してきた。航空警察隊のアギラだった。

「きさまはこのまえのパンダ野郎じゃねえか。そして、きさまはたしか大統領暗殺の容疑で逮捕された腐れライガー。こんなところでなにをしている！」

眼光鋭くナンナンとタイゴを睨みつけるアギラに、ネール卿が説明した。

「この二頭はワシの客獣《きゃくじん》だ。くれぐれも失礼のないように。さあ、わかったら、警備の任務に戻ってくれたまえ」

「これはこれはネール卿、たいへん失礼いたしました。承知しました」

警察官にとって枢機院の動物の命令は絶対だった。アギラはタイゴとナンナンを憎らしげに一瞥すると、大空に舞い戻っていった。

「夜はガラガラヘビの他、ワシミミズクのブボ卿が巡回している。だから上空高くからだって夜のアッパーランドに忍びこむのは難しい。そもそも上空から侵入できるのは鳥かコウモリくらいだろう。仮にブボ卿の目を盗んで侵入できたとしても、鳥やコウモリには大統領をあんなむごたらしいかっこうで殺すことなど、できなかったはず」

ネール卿の言うように、鳥やコウモリがボノ大統領の顔面を何度も殴打することはできまい。ところが、続いてネール卿の口から飛び出したのは、意外なひと言だった。

「ところが実は、大統領が殺された同じ朝、ハイデラ川近くの塀のそばで、ブボ卿が気を失って倒れているのが発見された。幸い命に別状はなかったが、あの夜、巡回している最中にいきなり強い力で殴られ、そのまま地面に叩きつけられたんだそうだ」

「じゃあ、やはり何者かがそこから忍びこんだんでしょうか」ナンナンが顔をしかめた。

「大アメリカ帝国の工作員とか？」

「クーガ大帝が脅威になっていることはたしかだな。ボノ大統領はひどく臆病な性格で、いつか命を奪われるかもしれないと本気で怯えていたよ。だから、身を守るためにいくつか策を講じていたようだ」

「大統領が？　どんな対策を考えていたんですか？」

「なかなか教えてくれなかったが、しつこく聞き出したところ、頼りになる殺し屋を雇える見込みができたとは教えてくれた」

「殺し屋ですか……誰なんでしょう？」

「それを教えてしまったら意味がなくなると言って、具体的には教えてくれなかったけれど、神出鬼没で意表をつく動物だと笑っていたな。すでに実績があるので、能力は証明済みだとも」

「神出鬼没で意表をつく動物……」

ナンナンが反復すると、ネール卿が続けた。

「殺し屋だけでなく、もうひとつとっておきの対策があるようなことを言っていたが、そちらについては口が堅く、なにも聞き出すことはできなかった」

「大統領がそれだけ怯えていたということは、やっぱり、クーガ大帝の命を受けた工作員のしわざですよ」ナンナンが主張を繰り返す。「特別の技術を習得していれば、塀を乗り越えることだってできるんじゃないでしょうか」

ネール卿はふいにタイゴのほうを向き、「ときにおまえさん、垂直に何メートルまでジャンプできる？」

「全力を出せば四メートルくらいでしょうか。ライオンもトラもそんなものだと思います。そして、それが動物界の最高記録だと自負しています」

「甘いな」ネール卿が薄く笑った。「大アメリカ帝国のピューマは六メートルジャンプできるそうだ」

「マジですか？」タイゴが声をあげた。「だったらガラガラヘビの攻撃をギリギリかわせるじゃないですか」

「工作員ではなく、クーガ大帝が直々にアフラシア共和国を乗っ取りにきたのでしょうか？」

ナンナンの声が震えているのを聞いて、ネール卿が豪快に笑い飛ばす。

「まさか、敵国の大将が単身で乗りこんでくることはないだろう。だが、おぬしが言ったように、ピューマが隠密《おんみつ》として鍛え上げられたら、この塀だって乗り越えられるかもしれない」

「だったら、やっぱりボノ大統領は……」

「慌てるなって」ネール卿が長い鼻でナンナンの頭を軽く小突いた。「ピューマは大型ネコ類の中ではずば抜けて敏捷だが、それはヤツらがきわめて目がいいからだ」

「聞いたことがある」タイゴが話に割りこんだ。「ピューマはライオンやトラ、ヒョウなんかに比べて、目が大きいらしいな。その分、視覚に頼ってるってことだろう。そうか、ってことは……」

「わかったようだな。ピューマは昼行性だ。夜だってまったく行動しないわけではないが、視覚が利かないところで命を懸けた大ジャンプなんてできるはずがない。ガラガラへビのいない昼間ならば塀を飛び越えられるかもしれないが、アギラ隊の目を盗むことはまず無理だろう」

先ほどのアギラの反応を見ても、航空警察隊の監視の目がいかに厳しいか、よくわかった。上空からネズミ一匹《ひとり》さえ見逃さない猛禽類の驚異的な視力は決してあなどることができない。ナンナンがうなずいていると、ネール卿が続けた。

「さらに言えば、もし大統領殺害が大アメリカ帝国の陰謀によるものだったとしたら、おそらく犯行声明が出されるはずだ。自分たちがこれだけの力を持っているということを誇示したいわけだからな。しかし、ボノ大統領の暗殺後もクーガ大帝は沈黙を保っている。今回の事件に大アメリカ帝国は絡んでいない、とワシは考える」

「きわめて論理的ですね」タイゴが認める。「異存ありません」

「でも、ロウワーランドの一般獣は侵入できないし、大アメリカ帝国の工作員でもないとすると、ボノ大統領を暗殺したのはアッパーランドの居住者ということになりますよね」

ナンナンが指摘すると、ネール卿は顔を曇らせた。

「歩きながら話そう」

関節痛がひどいのか、ネール卿の足取りは重かった。それでも一歩あたりの歩幅が大きいため、ナンナンとしては並んで歩くのにちょうどいいスピードだった。タイゴにとっては遅すぎてイライラする速度かもしれなかったが、さすがに病気持ちの枢機院議員をせかしたりはしなかった。

ナンナンはアッパーランドの中の建物を見渡した。旧王宮らしく、多くの建物が大理石でできており、荘厳な眺めだった。ただ、いたるところに警察官の姿があり、物々しい雰囲気は否めない。

「大統領が殺されたというだけでも前代未聞なのに、枢機院の動物たちの中に犯獣《はんにん》がいるとなると、アッパーランドはスキャンダルまみれだ。おぬしらは容疑者として誰を考えているんだ？」

　ネール卿に訊かれても、タイゴは渋い顔で口をつぐんでいた。代わりにナンナンが答えた。

「現段階では容疑者は絞りこめていませんから、あくまでボクの推測ですよ。やっぱり、ヒヒ族の皆さんが関与しているんじゃないかと思います」

「枢機院の中での勢力争いが背景にあるというんだな。そうだとすると、セロはどうして殺されたんだ？」

「類人族が復讐《ふくしゅう》したとも考えられますが、違う考え方もあります。ウルス卿などが一気に覇権を握ろうとして、ボノ大統領とセロさんを次々に襲ったのかもしれません」

　同じ理由でネール卿にも動機があるとは、口が裂けても言えない。

「だったら、セロではなくブーン卿あたりを狙いそうなものだが、いずれにしろ枢機院内部のごたごたが原因というわけか。不穏な動きを見せているカプリ教の信者たちが事件に関わった形跡はないのだろうか？」

「教祖のダッドさんには大統領が殺された夜のアリバイがあります。もちろん、他の信者が暴走した可能性はあります。でも、繰り返しになりますが、ご説明いただいたアッパーランドのセキュリティを、ロウワーランドのヤギたちが破れたとは思えません」

　ナンナンが否定的な見解を述べたところで、しばらく黙していたタイゴが口をはさんだ。

「大統領と思われる獣物は殺される前、ミドルランドで目撃されている。その後、大統領は官邸に戻ったわけだから、あの夜、正面ゲートが一度は開いたはずだ。犯獣はそのタイミングに侵入したのかもしれない。大統領が自ら招き入れた可能性だってある。もちろん、大統領に限らず、枢機院の動物であれば誰でも、招き入れることはできた。違いますか？」

「おぬしは、大統領か他の枢機院の誰かが、犯獣をアッパーランドに迎え入れたと考えているのかね？」

ネール卿に問われたタイゴは、「現時点では、その可能性も捨てきれないかと」と答えるにとどめた。

前方に姿を現した一段と豪華な大理石の建物に、ネール卿が鼻先を向けた。

「あれが大統領官邸だ。あの前の広場で顔を潰されたボノ大統領の遺体が見つかった」

現場に到着すると、タイゴは地面をつぶさに観察し、クンクンとにおいを嗅いだ。

「血の痕跡はあるが、においは残っていないな。それにしても、はでに出血したようだな。顔面からの出血だけで、こんなに血痕《けっこん》が残っているとは」

「犯獣は大統領の顔面を何度も地面にぶつけたみたいだ。それこそ、顔面が陥没するほどに。それだけ深い恨みを抱いていたんだろうか……」

ネール卿がうんざりしたように嘆くのを聞き、ナンナンは官邸のほうに近づいていった。ジャッキーが遺体を発見したときもドアが開いていたというが、現場保存のためか、いまもまだドアは開いたままだった。

玄関から中をのぞく。大理石の床はピカピカに磨《みが》きあげられ、鏡のようにナンナンの姿を映し出していた。丸天井の高さは十メートルほどもあり、キリンでも楽に入れそうだった。ジャッキーから聞いたとおり、天井からはきらびやかなシャンデリアが下がっていた。このときナンナンは違和感を覚えた。

「あれっ、ない……」

いつの間にか背後に来ていたタイゴが訊き返す。

「なにがないんだ？」

「カーペットです。ジャッキーから、カーペットが巻いた状態で壁際に置かれていたって聞きました。でも、いまはありません。床に敷かれているわけでもない。あれ、タイゴさん、どうかしました？」

ナンナンが気にするのも無理はなかった。タイゴは目を閉じ、右前足《みぎまえあし》に顎を乗せて沈思黙考モードに入っていたのである。しばらくして、タイゴが瞼を開けた。

「事件の真相が見えたような気がする。そうか、それで警備態勢が破られたのか……」

「え、犯獣がわかったんですか！　タイゴさん、それは誰です？」

10

タイゴはその場でそれ以上は語らなかった。きちんと裏づけをとらなければ確実なことは言えない、と説明を拒《こば》んだのだった。

しかし、それではナンナンの気が収まらなかった。ミドルランドに戻ったところで、ナンナンはタイゴにしつこく訊いた。

「ねえ、タイゴさん、教えてくださいよ。犯獣《はんにん》は誰なんですか？」

数十回も繰り返された質問攻撃に辟易《へきえき》したのか、タイゴが重たい口を開いた。

「うるさいパンダだな。まあ、そのしつこさも探偵には必要かもしれない。推理のポイントを教えてやるから、少しは自分で考えてみろ」

「やったー、じゃあ、教えてください！」

「その一は最近の大統領の言動だ。大統領は大アメリカ帝国の陰謀に怯えていた。そのため、殺し屋を雇い、それ以外にも対策を打ったらしい。神出鬼没の殺し屋とは誰で、それ以外の対策とはなにか？　また、大統領は最近二度もミドルランドで目撃された。ミドルランドでなにをしていたのか？　特に昼間記者に取り囲まれたとき、大統領はなぜサングラスをかけ、ひと言もしゃべらずに秘書の官舎に逃げこんだのか？」

「大統領関係だけでもポイントがいくつもありますね。でも、ミドルランドにいた理由はすでにわかっているんじゃないですか。愛獣《あいじゅう》である秘書のところへお忍びで通っていたんでしょ?」

「夜だったらわからなくもないが、昼間に通うか? 全身真っ白という特徴的なルックスのためひと目でばれてしまうのに、サングラスが必要だろうか?」

「サングラスは変装というよりも、単なるファッションだったんじゃないですか。愛獣のところへ出かけるんなら、少しくらい気取ってみたいでしょう。違うのかなあ。タイゴさんは大統領の言動に全部説明がつくと?」

「確かめなきゃいけないことがあるが、だいたい推測はついている」

「だったら、もったいぶらずに教えてくださいよ——」

ナンナンに泣きつかれても、タイゴは首を振った。

「じゃあ、大統領の雇った殺し屋についてヒントをやろう。ネール卿の話では、殺し屋には実績があったらしい。その実績というのは、おそらくダッドの弟殺しのことだろう」

唐突に出てきたカプリ教の教祖の弟殺しというヒントに、ナンナンはわけがわからなくなった。

「えっ、それってタイゴさんがダッドさんから依頼されて調べていた事件ですよね。弟さん、ハイデラ川の河川敷で殺されたって聞きましたけど、犯獣は大統領が雇った殺し屋だったんですか？」

「ああ。オレもネール卿の話を聞いて、ようやくわかった。大統領は大アメリカ帝国だけではなく、アフラシア共和国内の危険分子にも脅威を感じていたんだろう。そこで、ダッドとミュールが手を結ぶのを阻止すべく、その役割を託されたダッドの弟を葬り去ったんだ。ダッドは枢機院内の情報を入手するのに、カシミヤヤギをスパイとして用いていたが、大統領のほうもボールドマウンテンにスパイを送りこんでいたんだと思うぜ」

「そうなんですか！」

「ああ、いつもダッドのそばにいたバーバリーシープの老雄《じい》さんがいただろう。あいつあたりがスパイじゃないかとオレはにらんでいるんだが」

次々と思いがけない推理を聞かされ、ナンナンは戸惑うばかりだった。

「ちょっとわからなくなったんですが、その殺し屋とボノ大統領の暗殺はどう関係しているんですか？」

「なんでもオレに訊こうとするな。自分のおつむを働かせるんだ。ポイントその二は、犯獣はどうやって密室状態のアッパーランドへ侵入したのか、という点だ。昼間は視力が抜群にいい屈強な猛禽二十羽《にん》からなるアギラ隊が上空から目を光らせており、夜間は四メートルの高さの塀の上に、熱を感じて襲いかかるガラガラヘビが配置されており、さらに夜目の利くワシミミズクのブボ卿が巡回している。この盤石の警備態勢を、犯獣はどうやって破ったのか?」

ナンナンが右前足《みぎまえあし》を勢いよく挙げた。

「はい、それはわかる気がします。犯獣は元からアッパーランドにいた獣物《じんぶつ》なんですよ。枢機院議員か、その家族なのかまではわかりませんけど」

「内部犯という説だな。密室で犯行があれば、最初に疑いの目が向けられるのは、密室内にいた獣物だぞ。しかし、犯獣はそんなことも考えなかったのだろうか」

「だとしたら、首謀者はアッパーランドの中にいて、殺獣《さつじん》の実行犯は外の獣物というのはどうでしょう。ボクたちがネール卿に正面ゲートから入れてもらったように、実行犯も枢機院の誰かに導き入れてもらったんじゃないでしょうか」

「しかし、あの夜、ブボ卿がハイデラ川の近くの塀のそばで何者かに叩き落とされて気を失っていたことを忘れていないだろうな?」

「あっ、そうでした」

ナンナンが右前足で自分の頭をポンと叩いた。

「ポイントその三は、どうして遺体の顔が潰されていたのか? 殺されているのが大統領だとわかりきっているのに、顔を潰す意味があるのか、という点だ」

ナンナンは短い前足を組んで、「うーん、大統領に対する恨みが強すぎて、顔をぐちゃぐちゃにしちゃったとか……」

「わからないか。では、とっておきのヒントをやろう。今回の事件の首謀者は、ボノ大統領本獣《ほんにん》だ」

「え――――――っ、どういう意味です?」

仰天するナンナンにはかまわず、タイゴが前方に視線をやった。

「警察署が見えてきたな。ナンナン、おまえさんの憧れの警部に訊きたいことがある」

11

「ボノ大統領が首謀者ってどういうこと?」

ミンミンが眉根《まゆね》をひそめた。拗《す》ねたような表情がまたかわいい、とナンナンは見とれた。ミドルランドの警察署に赴いたタイゴは、ミンミンに面会を求めた。その結果警察署の建物の前で会ってくれることになったのだった。ミンミンの横には、ルパスとフォクシーの姿もあった。

「知りたいか?」タイゴがけしかけるような口調で言った。「いくつかの質問に答えてくれるなら、教えてやってもいい」

「なんだときさま、探偵の分際で生意気な」

牙を剝いてうなるルパスを、ミンミンが窘《たしな》めた。

「ちょっと静かにしてて」そして、タイゴに向き合った。「質問ってなによ？　答えられるかどうかは、内容によるわ」

「質問はふたつ。ひとつめはボノ大統領の秘書について」

秘書は大統領と関係を持ち、身ごもったというベリンゲ卿の話をナンナンは思い出した。

タイゴが続けた。

「秘書は大統領の子どもを宿したらしいな。彼雌《かのじょ》のことは調べたか？」

「もちろん。秘書は過ちを反省していたわ。ただ、お腹の子どもに罪はないから、産んで育てるつもりだって言ってた」

「秘書は獣妻《ひとづま》だっていうからには、旦那《だんな》がいたはずだな。旦那にしてみりゃ、妻を寝取られ、子どもまで作られた。これほど腹に据えかねることはないはずだ。被疑者として取り調べはしたんだろうな？」

タイゴの質問に、フォクシーが答える。

「オレたちだって、秘書の夫が大統領に恨みを抱いていることくらい気づいていたさ。ところが野郎、姿をくらましやがって……」

「こら、なんでもぺらぺらしゃべるんじゃねえ！」

ルパスがフォクシーに忠告したが、ミンミンは容認した。

「別にかまわないわ。いま、フォクシーが言ったように、秘書の夫は行方《ゆくえ》不明なのよ。大統領殺しの重要参考獣《さんこうにん》だから、行方を探っているんだけど」

タイゴは腕組みをして、「そんなことだろうと思ったぜ。で、獣相《にんそう》とか特徴はわかっているのか？」

「秘書が黙秘していて……どんな獣物《じんぶつ》なのか、教えてくれないのよ。彼雌も夫が大統領殺害に関わっていると考えているのかもしれない」

「ふん」タイゴが鼻を鳴らし、「なるほどな」とつぶやいた。

「ちょっと待ってください」ナンナンが会話に割って入った。「大統領秘書の旦那さんがどんな獣《ひと》だったのか、手がかりはないんですか？　秘書さんが黙っているにしても、官舎で聞きこみをすれば、特徴くらいわかるでしょう」

「それが、秘書の夫を見たことがある獣が誰もいないのよ」

「そんな奇妙な話がありますか？」このときナンナンに天啓がひらめいた。「あ、わかった！　旦那さんというのは、ボノ大統領だったんじゃないですか！　秘書さんはそれを公にせず、ミドルランドの官舎で一頭《ひとり》暮らしをしていたんだ。そうに違いない！」

「バーカ」フォクシーが舌を出して嘲った。「なんで隠さなきゃならないんだよ。大統領は独身だったんだぜ。正式に結婚して、アッパーランドの公舎に棲めばいいじゃねえか。そうすれば、ファーストレディだ。秘書なんて仕事もしなくていい」

ナンナンはすがるような目を先輩探偵に向けた。

「タイゴさんは真相を知っているんでしょう？　いいかげん教えてください！」

ミンミンも同調した。

「そうよ。質問には正直に答えたわ。次はあなたの番よ。ボノ大統領がなにをしたのか、教えてちょうだい」

「焦るな、べっぴんさん。もうひとつ教えてくれ。セロの遺体はどんな具合だった？　大統領官邸前の遺体と同じ痕跡が残っていたから、同一犯獣《はんにん》のしわざと見なされて、オレが釈放されたんだろう。二頭《ふたり》の死因はなんだったんだ？」

ミンミンがルパスに目配せする。

「セロの捜査を担当したあなたから、教えてあげなさい」

「オレが腐れライガーに捜査情報を？」ルパスが顔をゆがめた。「承服できません」

「これは命令よ」

「いくら警部の命令でも、嫌なものは嫌です。失礼します」

ルパスは踵《きびす》を返すと、憤然とした足取りで建物の中へ入っていく。

「先輩、待ってください！」

フォクシーがその後を追った。

「おとなげない二頭ね。ごめんなさい」ミンミンが軽く頭を下げる。「質問にはワタシが答えるわ。大統領の遺体――官邸前の遺体って言ったほうがいいのかしら――もセロの遺体も死因は頸椎《けいつい》の骨折だった。二頭とものすごい力で首の骨がへし折られていて、それが死因だったの。官邸前の遺体の顔が潰されたのは、頸椎を折られたあとだったわ」

タイゴが口笛を吹く。

「思ったとおりだ。セロの顔は潰されていなかったんだな」

「ええ」ミンミンが両前足《りょうて》を腰に当てた。「他に質問がなかったら、ぼちぼち事件の真相を教えてほしいんだけど」

「おかげでジグソーパズルのピースがすべてピッタリはまったぜ。事の発端は、大統領が秘書を身ごもらせてしまったことだった」

「やはりそこなのね」

「ああ。さっきも言ったが、秘書の旦那にしてみれば、顔に泥を塗られたようなものだ。大統領に対して恨みを抱いても不思議ではない」

そこでナンナンが右前足《みぎて》を挙げた。

「秘書さんの旦那さんが大統領を殺したんじゃないんですか?」

「いや違う。いくら恨みを募らせたところで、一般獣《いっぱんじん》がアッパーランドに入ることなんてできない。大統領のほうがミドルランドに出てくることはあるだろうが、そんなときにはベリンゲ卿とは違って、警護の警官を付けていることだろう」

「ええ、そうよ」ミンミンが認めた。

「旦那は妻に大統領の子を産むように求め、それをネタに大統領を強請《ゆす》ることにした。養育費を名目にすれば、子どもがいる限りずっと金をむしり取ることができる」

ミンミンがすかさず疑問を呈する。

「話は通るけど、秘書の夫って何者なの？　誰も正体を知らないなんておかしくない？」

「誰も見ていないわけではない。実際に保育園の園長のベネは目撃している」

「ほへっ？」ナンナンが奇声をあげた。「ベネさんはセロを目撃した夜に、大統領も見たって言ってましたけど……。いや、おかしいですよ。大統領は全身の毛が白ですが、ふつうのチンパンジーの毛は黒です。さすがに見間違えないんじゃないですか」

「ああ、いくら夜中だとはいえ、白と黒を取り違えるとは思えない。ということは、秘書の旦那も、大統領と同じように全身が真っ白だったと考えるしかない」

「旦那さんも全身白い毛だったと？」

「ではなく、アルビノだったのだろう。知っていると思うが、生まれつきメラニン色素を作れないという遺伝子疾患だな。アルビノの個体は瞳の色素も欠乏しているため、瞳が真っ赤になる」

「あっ……」

ナンナンは、ベネが大統領の瞳が赤くて不気味に見えたと証言したことを思い出し、その証言をこの場で披露した。

「そのときは正確に観察していたんだな。セロの四肢《てあし》に縞模様があったと証言して、オレを窮地に陥れたベネさんも」

冷笑するタイゴに驚きの目を向けたまま、ミンミンが確認するように訊いた。

「もしかして、官邸前で殺されたのはボノ大統領ではなく、秘書の夫ってこと?」

「そういうことだ」

タイゴはニヤリとしたが、ナンナンは話に追いつけていなかった。

「もう少し、わかりやすく話してください」

「おまえも探偵なんだ。もう少し、推理力を鍛えろ。いいか、官邸前の遺体はなぜ顔が潰されていたと思う?」

「タイゴさんが教えてくれたポイントその三ですね。さすがに、いまだったらボクもわかりますよ。秘書さんの旦那さんの顔を潰して、大統領に見せかけたわけでしょう。いくら白い毛が共通だといっても、顔立ちは違っていたでしょうから」

「それもある」

「それもあるって、他にもあるんですか?」

「顔をぐしゃぐしゃにすることで、眼球を粉砕したのさ。赤い瞳をそのままにしておけば、大統領でないことが文字どおり一目瞭然だからな」

ナンナンの脳裏にジャッキーの証言がよみがえった。

——顔面はすっかり陥没し、血だらけで正視できる状態じゃなかったよ。目玉がどこにあるのかもわからないくらいの損傷ぶり。

「そういうことだったのか……」

独語するナンナンの横で、タイゴが推理を語った。

「全身が白い毛で覆われたチンパンジーなんてめったにいない。おそらく大統領はこれまでも、秘書の旦那を自身の替え玉として使っていたのだと思う。遠目でチラッとだけ姿を現すときなんて、サングラスでもかけていれば、大統領でないなんて想像するヤツはいないはずだからな。旦那が家にこもっていたのは、そうするように大統領から命じられていたからだろう。アルビノは直射日光に弱い。旦那としても家にこもっているほうが、都合がよかったはずだ」

「あ、ダッドさんから聞いたことを思い出しました。サングラスをかけた大統領がミドルランドで記者に取り囲まれたとき、ひと言もしゃべらずに秘書の官舎に駆けこんだって。あれって、大統領ではなく、秘書の旦那さんだったんですね」

ナンナンの指摘に、ミンミンはうなずきながら、「昼間は外出できなくても、夜は大丈夫だったのね？」

「そういうことだ。妻が身ごもった子どもをネタに脅迫しはじめた替え玉を、あの夜、大統領はアッパーランドの官邸前に呼び出した。金を支払うと言えば、替え玉は出向いたはず。あの夜が初めてではなく、過去に何回か同じようにして、呼び出していたのかもしれない。そうすれば警戒心も薄らいで、油断するだろうしな。正面ゲートの鍵はあらかじめ大統領が開けていたんだろう。替え玉が一頭でアッパーランドに入ってきても、夜間のことだし、みんな大統領だと思って、やりすごすに決まっている」

ナンナンが両前足を打った。

「大統領は官邸前で旦那さんを不意打ちして、顔をめちゃくちゃに潰したわけですね。脅迫者を葬り去るために」

「顔をめちゃくちゃに潰したのは大統領だろう。だが、高齢の大統領に相手の頸骨《けいこつ》をへし折るほどの力があるとは思えない。旦那を殺した犯獣は別にいる」

ミンミンが眉間に皺を寄せた。

「別にいる？　誰よ？」

「犯獣は殺し屋として大統領に雇われ、夜間、ひそかにアッパーランドへ忍びこんだ」

「ガラガラヘビがうじゃうじゃいる塀を乗り越えて忍びこんだとでもいうんですか？」

「そうだ」

「でも、無理でしょう。ガラガラヘビは相手の熱を感知して、猛毒を持った牙で襲いかかるんですよ」

ナンナンの反論を、タイゴは鼻で笑った。

「ガラガラヘビは周囲よりも温度が高い熱源に向かって攻撃を仕掛ける。逆に言えば、周囲よりも温度が低ければ、反応しない。犯獣はガラガラヘビよりも体温が低かったわけだ」

「そういうことか！」ミンミンの顔がぱっと晴れた。「犯獣は変温動物の爬虫類だったのね。高さ四メートルの塀を乗り越えられるということは……」

「ヘビは体の三分の一以上を持ち上げられるそうだ。ということは十メートル級のアミメニシキヘビであれば、塀を乗り越えられる。大統領が雇った殺し屋はニシキヘビだったのさ。塀を乗り越えたところへ、ブボ卿が不審者に気づいて降下してきたんだろう。ニシキヘビはその長い尾で、ワシミミズクを弾き飛ばしたわけだ」

「なるほど。ニシキヘビさんならば、低空を飛ぶワシミミズクさんを叩き落とせますね。ポイントその一の大統領が雇った神出鬼没の殺し屋の正体はニシキヘビさん、大アメリカ帝国の陰謀に対するもうひとつの対策というのは替え玉を用意することだったんですね」

納得するナンナンに「そのとおり」とうなずいて、タイゴが続けた。

「殺し屋は気温の下がる夜中に、ハイデラ川をさかのぼってアッパーランド領に入ったのだろう。川の水で体温を下げながらな。ニシキヘビも夜行性で、ピット器官を持っている。自分の体温と、警備に当たっているガラガラヘビの体温のどちらが高いか、察知することができたはずだ。自分の体温のほうが低いと判断した殺し屋は、悠然と塀を乗り越え、アッパーランドへ忍びこんだ」

タイゴの説明を聞き、ミンミンもようやく理解した。視力の弱いガラガラヘビにとって、ピット器官に反応しないアミメニシキヘビは「見えない存在」だったと。

「殺し屋は大統領から指定された官邸前まで移動し、そこへやってきた替え玉の首に巻きついた。子ウシでも絞め殺すことができるアミメニシキヘビにとって、チンパンジーの首をへし折るくらい赤子の手をひねるようなものだったに違いない」

「でもタイゴさん、秘書の旦那さんを正面ゲートから招き入れた大統領なら、ニシキヘビさんだって同じルートで導き入れることもできたんじゃないですか？」

「正面ゲートを通る場面を他獣《たにん》に見つかった場合、替え玉だったら大統領だったと言い逃れることができるが、十メートルもの長さのアミメニシキヘビではそうはいかない。だから塀を乗り越えさせたのさ」

「ポイントその二の犯獣がどうやってアッパーランドへ忍びこんだのか、もよくわかりました！」

「そうだったのね」ミンミンが満足顔で何度か首を縦に振った。「それで遺体が誰だかわからないように、大統領が徹底的に顔を潰した。そのあと大統領はどうしたのかしら？」

「今度こそわかりました」ナンナンが声を張った。「大統領は旦那さんと入れ替わり、愛《あい》獣《じん》である秘書さんの官舎に隠れているんですね！」

「違うな」ナンナンが自信満々に語った推理をタイゴは一蹴した。「大統領はこの世にいない」

「この世にいないって、意味がわかりません」

ポカンとするナンナンとミンミンに、タイゴが告げる。

「大統領が遺体を損壊したのがよくなかったのだろう。大量の血のにおいに、アミメニシキヘビの本能がよみがえった」

「まさか……」

真相に気づいたミンミンが開いた口に前足を当てた。

「そう、大統領はアミメニシキヘビに丸呑《まるの》みされたんだ。自分の体と同じ重量の相手なら丸呑みできるニシキヘビだ。ヒョウやワニを楽々と呑みこむアミメニシキヘビなら、チンパンジーなどいかほどの相手でもないだろう。巻きついて窒息死させ、そのまま呑みこんだのさ」

「でも……血のにおいに反応したのならば、殺された旦那さんを呑みこむんじゃないですか？　こう言っちゃなんですが、すでに死亡しているんだから、そのほうが呑みこみやすいと思いますけど」

タイゴがゆっくりと首を横に振る。

「ピット器官は発熱体にしか反応しない。今度は死んで熱を失ったチンパンジーが、ニシキヘビの『見えない存在』になったんだ」

予想外の真相に、レッサーパンダの警部もジャイアントパンダの探偵も声を失った。ライガーの探偵がさらに続けた。

「ヘビは大きな獲物を食べると、ある程度消化が進むまでじっと横たわっている必要がある。さすがに官邸前のオープンスペースでごろんとしているわけにはいかないと考えたニシキヘビは、ドアが開いたままになっていた無獣《むじん》の官邸に侵入し、壁際に横たわった」

先ほどタイゴが急に考えこんだ理由が、ナンナンにもようやく理解できた。

「じゃあ、ジャッキーが見たというカーペットは……」

「ああ、大統領を呑みこんで丸々と太ったアミメニシキヘビだった。官邸でゆっくり休んだニシキヘビは、夜中に侵入したときと同様の方法で塀を乗り越え、アッパーランドから脱出した。そこにセロが待ち構えていた」

「そこがよくわからないんだけど、今回セロはどういう役回りだったの?」

ミンミンが投げかけた質問に、タイゴはなんなく答える。

「大統領を失脚させるためにブーン卿に雇われたセロは、大統領を尾行しているうちに、替え玉の存在に気づいたんだろう。そして、秘書の日那を追いかけるようになった」

「そして、あの夜、ベネさんに目撃されたんですね!」とナンナン。

「そうだ。替え玉が正面玄関からアッパーランドに入ったことを確認したセロは、自分もどこかから入れないかと、塀沿いをぐるりと回った。そのときに、悠然とアッパーランドへ侵入していくアミメニシキヘビを見たんだろう。翌朝、大統領が殺されたと知ったセロは、殺されたのは替え玉だと推測したに違いない。セロはさすがに大統領が丸呑みされたとまでは思わず、ニシキヘビが出てくるのを塀の外で気長に待っていた。脅して、大統領の犯罪という決定的な証言を聞き出そうと考えたんだろうな。だがニシキヘビにとって、ゲラダヒヒの脅しなど痛《いた》くも痒《かゆ》くもなかった。巻きついて首の骨をへし折ると、そのまま川を泳いで去っていった。これが二重殺獣《さつじん》の真相だ。いや、その前のダッドの弟も合わせると、三重殺獣事件になるか」

「じゃあ、犯獣のアミメニシキヘビはもうどこかへ逃走してしまったというのね。まずいわ」

ミンミンが警察官として当然の反応を示した。

「成獣《おとな》のチンパンジーを呑みこんだんだから、まだ全部は消化できておらず、体が重いはずだ。動きも鈍いだろう。ハイデラ川沿いを中心に丹念に探せば、きっと見つかると思うぜ。仮に黙秘しても、腹を裂いたら大統領の遺体の一部が確実に見つかる。まあ、そこまでやるかどうかは、オレの知ったことじゃないけどな」

「いくら容疑が濃厚といったって、さすがに被疑者のお腹を裂くことはできないわ。待っていればそのうち、排泄物《はいせつぶつ》にまじって大統領の白い毛が出てくるでしょう。それを待つしかないわね」

愁《うれ》いを帯びた声で語るミンミンに、タイゴが訊いた。

「ところで、脅迫状を出したのは誰だったかわかったのか?」

「そういうあなたは、もう想像がついているんじゃないの、タイゴ?」

「たぶん、ブーン卿の差し金じゃないか? 類人族を脅迫しながら、それだけだと自分も疑われるので、自分にも脅迫状が届くように仕向けたってところか」

「ご明察」ミンミンが敬意を払う目でタイゴを見つめた。「首謀者はブーン卿で、実際に脅迫状を出したのは、とあるマンドリルだったわ。自責の念にとらわれて、自首してきたわ」

「そんなところだろうと思ったぜ。やりきれない事件だったな」

事件の全容を知ったナンナンは、ダッドが予言していたように、早晩枢機院は内部から崩れていくのではないかと思った。

「さて、犯獣のアミメニシキヘビを捜しに行かなきゃ。今回はご協力ありがとう。今後ともなにかあったら、よろしくね」

ミンミンが前足を差し出した。

タイゴがそれを握り返さないのを見て、代わりにナンナンがミンミンの前足を強く握った。

「こちらこそ、よろしくお願いします！」

「じゃあね」

うっとりするような笑みを浮かべて去っていくミンミンに見とれていると、タイゴが耳元で怒鳴る。

「いつまでもボーッと見てるんじゃねえ。帰るぞ」

「ああ、すみません。今回の殺獣事件の首謀者がボノ大統領だったというタイゴさんのことばの意味がようやくわかりました。すべてを仕組んでいたのは大統領だった。結局は自業自得だったのかも」

やや間をおいて、ナンナンが言った。

「ボノ大統領、体の毛はシロだけど、容疑はクロ！」

タイゴはナンナンから目を逸《そ》らし、「今回は世話になったな。ありがとよ、ナンナン」と照れ臭そうに言った。

「とんでもないです」ナンナンは勢いよく顔を横に振って、「結局、ボクの推理はすべて的外れでした。早くタイゴさんのような推理力をつけて、スパッと事件を解決したいです」

「ふん、それは精進するしかねえな」

「実はボクの兄も昔、タイゴさんと同じように警察官だったんです」

「そうだったのか。ま、オレは不良警官で辞めちまったわけだが。ん、昔って言ったな。たしかおまえさんは天涯孤独の身の上。ってことは……」

「タイゴさんに隠し事はできませんね。兄は殉職しました。なんだか、タイゴさんを見てると、死んだ兄を思い出してしまって……それでついつい、アニキって呼んでしまって……すみません」

ペコリと頭を下げるナンナンをじっと見据えて、タイゴが小声で言った。

「別にかまわないぜ」

「えっ?」

「鈍いヤツだな。だから、オレのことをアニキと呼んでも、かまわないって言ってんだよ」

「本当ですか! やったー、お許しが出たー!」ナンナンは満面の笑みを浮かべた。「ボク、どこまでもアニキについていきます」

「オレが断ったところで、どのみちおまえさんはうるさくつきまとってくるんだろうしな。じゃあ、事務所まで駆けていくぜ」

照れを隠すかのように、タイゴはナンナンを振り返りもせず、一目散に駆け出していった。鈍足のパンダが懸命にその後ろ姿を追っていく。

「ちょっと、待ってくださいよ――、アニキ――――ッ」

12

ナンナンとタイゴの二頭《ふたり》のやりとりを、樹木の陰からひそかに眺めている者がいた。大アメリカ帝国から隠密として遣《つか》わされたコンコという名のピューマだった。

コンコは半年ほど前からアフラシア共和国の首都ハイデラバードに潜入し、さまざまな情報を収集していたのだった。

「枢機院の連中はどうということないが、あのタイゴとかいうライガーだけは警戒しておいたほうがいいかもしれないな」

コンコは小声でつぶやくと、風のようにその場から去っていった。

本書は書き下ろしです。

〈著者紹介〉

鳥飼否宇（とりかい・ひう）

1960年福岡県生まれ。九州大学理学部卒業。編集者を経て第21回横溝正史ミステリ大賞優秀賞を『中空』で受賞しデビュー。同作に連なる「観察者」シリーズを各社で発表している。一方で『痙攣的』などの「綾鹿市」シリーズに代表される奇想に満ちあふれた作品を数多く発表。また、碇卯人《いかりうひと》名義で、テレビドラマ「相棒」シリーズのノベライズも執筆している。2016年『死と砂時計』で第16回本格ミステリ大賞（小説部門）を受賞。

パンダ探偵《たんてい》

2020年5月20日　第1刷発行　　定価はカバーに表示してあります

著者……………………鳥飼否宇《とりかいひう》

発行者……………………渡瀬昌彦
発行所……………………株式会社 講談社
〒112-8001 東京都文京区音羽2-12-21
編集03-5395-3510
販売03-5395-5817
業務03-5395-3615

本文データ制作…………講談社デジタル製作
印刷……………………豊国印刷株式会社
製本……………………株式会社国宝社
カバー印刷……………株式会社新藤慶昌堂
装丁フォーマット………ムシカゴグラフィクス
本文フォーマット………next door design

ISBN978-4-06-519783-7　N.D.C.913　286p　15cm